她的头脑就像她的房间,

光线倏忽照进,

又轻巧淡出,

旋转着,轻巧地走过,

进退自如;

紧接着,她整个人也像那房间一样,

被一股千头万绪的云雾填满,

可能是某种无法说出口的悔意。

再后来,

她的脑中就如同装满了信的抽屉,

被紧紧锁住,

里面藏着信。

墙上的斑点
伍 尔 夫 短 篇 小 说 集

[英] 弗吉尼亚·伍尔夫————著

徐会坛 安友人 刘慧宁 钟姗————译

华中科技大学出版社
http://www.HUSTP.com
中国·武汉

图书在版编目（CIP）数据

墙上的斑点：伍尔夫短篇小说集 /（英）弗吉尼亚·伍尔夫著；徐会坛等译．
—— 武汉：华中科技大学出版社，2020.12（2025.4 重印）
（伍尔夫作品集）
ISBN 978-7-5680-5608-3

Ⅰ.①墙… Ⅱ.①弗…②徐… Ⅲ.①短篇小说—小说集—英国—现代 Ⅳ.① I561.45

中国版本图书馆 CIP 数据核字 (2020) 第 216791 号

墙上的斑点：伍尔夫短篇小说集　　　　　　　　　　　[英] 弗吉尼亚·伍尔夫 著
Qiangshang de Bandian：　　　　　　　　　　　　　　徐会坛 安友人 刘慧宁 钟姗 译
Wu'erfu Duanpian Xiaoshuoji

策划编辑：刘晓成	
责任编辑：林凤瑶	
营销编辑：李升炜　邱鉴泓　倪　梦　燕卉雯	
责任校对：李　弋	
责任监印：朱　玢	
封面设计：璞茜设计	
出版发行：华中科技大学出版社（中国·武汉）	电话：（027）81321913
武汉市东湖新技术开发区华工科技园	邮编：430223
印　　刷：湖北新华印务有限公司	
开　　本：787mm × 1092mm　1/32	
印　　张：7	
字　　数：106 千字	
版　　次：2025 年 4 月第 1 版第 8 次印刷	
定　　价：29.80 元	

本书若有印装质量问题，请向出版社营销中心调换
全国免费服务热线：400-6679-118 竭诚为您服务
版权所有　侵权必究

前　言

弗吉尼亚·伍尔夫生前唯一一本短篇小说集《周一或周二》(Monday or Tuesday)，出版于1921年。多年来，该书一直未曾再版。在弗吉尼亚·伍尔夫的一生中，她惯于时不时地写些短篇小说。她有个习惯，就是每当灵感浮现的时候，她都会把它粗略地勾勒出来，然后放进一个抽屉。随后，如果有编辑约她写短篇小说，而她也恰好有创作欲望（并不经常如此），她就会从抽屉里拿出一篇草稿，然后在那基础之上，再三地进行完善。又或者，像她经常做的那样，在创作长篇小说的过程中，如果她觉得需要做些别的事情来舒缓一下精神，就会要么写一篇评论，要么着手加工她的短篇小说草稿。

在她离世之前，我们曾多次讨论再版《周一或周二》或出版一本新短篇小说集的可能性。终于，在

1940 年，她决定把那些故事整理为一本新书，并计划在该书中收录《周一或周二》的大部分原始篇章，和一些后来在杂志上发表过的其他作品以及某些从未发表过的创作。我们当时的想法是 1941 年出版一本她的评论集，然后 1942 年出版一本短篇小说集。

在呈现于您眼前的这本书中，我所努力做的就是尝试代她完成遗愿。本书中，我从《周一或周二》的八篇作品中选了六篇，被我略过的两篇分别是《一个协会》（A Society）和《蓝与绿》（Blue and Green）；我确知，她生前就已决定不再收录前者，而对于后者，我也几乎能确定，即使她自己来编选这本新小说集，她也不会将之选入其中。此外，我还选录了六篇曾于 1922 年至 1941 年间发表在杂志上的作品，它们分别是：《新裙子》（The New Dress）、《狩猎会》（The Shooting Party）、《拉宾和拉宾诺娃》（Lappin and Lapinova）、《宝物》（Solid Objects）、《镜中女士》（The Lady in the Looking-Glass）和《公爵夫人和珠宝商》（The Duchess and the Jeweller）。它们曾刊登在如下杂志:《论坛》(The Forum)、《时尚芭莎》(Harper's Bazaar)、《雅典娜神庙》(The Athenaeum)和《哈珀月刊》(Harper's Monthly Magazine)。最后,我还选录了六篇未曾发表过的作品(其中,《存在的瞬间》(Moments of Being)可能曾经发表过——我有印象——但找不到它的发表记录了,我是从一份打印稿中复制下来的)。然而,在选录这六篇作品时,我是有所犹豫的,因为除了《存在的瞬间》(Moments of Being)和《探照灯》(The Searchlight),其他四篇未经伍尔夫本人最终校订。但可以想见,在她发表这些作品之前,她肯定会反复修改和完善它们。所以,这六篇作品中,至少有四篇仍只能算是初稿。

伦纳德·伍尔夫

徐会坛 译

目录

CONTENTS

- 001 幽灵之屋
- 005 周一或周二
- 007 未写的小说
- 031 弦乐四重奏
- 041 邱园记事
- 053 墙上的斑点
- 067 新裙子
- 083 狩猎会
- 099 拉宾和拉宾诺娃
- 115 宝物
- 125 镜中女士
- 135 公爵夫人和珠宝商
- 149 存在的瞬间
- 161 博爱之人
- 173 探照灯
- 181 遗赠
- 195 合与分
- 207 总结

幽灵之屋

无论何时醒来,总能听到关门声。他们手牵手,从这屋到那屋,掀掀这儿,翻翻那儿,四处确认——一对幽灵夫妇。

"我们把它留在这儿了。"她说。"噢,还有这儿!"他接着说。"在楼上。"她低声说。"还有花园里。"他细语道。"嘘!轻点儿声,"他们彼此提醒着,"别吵醒他们。"

但不是你们吵醒了我们,噢,不是。"他们在找东西,他们拉开了窗帘。"我一边自言自语,一边继续读书,一页,两页……"现在,他们找到了。"我把铅笔停在书页的边缘,觉得八九不离十了。随后,我读书读倦了,站起来想要去看个究竟——房子空空荡荡,房门都敞开着,只听见斑尾林鸽饱足的咕咕声和远处农场打谷机的嗡嗡声。"我来这儿要干什么来着?我想找什么?"我的两只手里什么也没有。"也许在楼上?"苹果放在阁楼上了。我转身回到楼下,只见花园寂静如初,只是书掉落在了草丛里。

但他们肯定在客厅找到了,我看不见他们罢了。窗玻璃映照着苹果、映照着玫瑰,映在窗玻璃上的叶子碧绿如新。如果他们走进客厅,只会看见苹果发黄的一面。然而,片刻之后,在门开着的情况下,散落在地上、悬挂在墙上、垂吊在天花板上的……什么?我的两只手里什么也没有。一只画眉的暗影掠过地毯。在寂静的深渊里,只听见斑尾林鸽的咕咕声。"安好,安好,安好",他们的声音仿如这幢房子的脉搏,轻柔而平稳地跳动着。"宝藏深埋在这房里……"脉搏突然停止了。噢,是那深埋着的宝藏吗?

天光很快就暗淡了下去。花园外面呢?树影间日光浮动,阴影流转。那从容西下的夕阳,我常常看见它在窗玻璃后燃烧,无比纯粹,无限美好!死亡就是那窗玻璃,死亡横亘在你我之间。几百年前,这幢房子的女主人先死了,留下男主人独守空屋;他封闭了所有窗户,沉浸在黑暗之中。最后,他选择离开,想要遗忘,于是北上东行,四处游荡,但无论走到哪里,他都忍不住遥望南方的星空。他终于还是决定回来,然而,当他想要找回这幢房子时,却发现它早已被淹没在草丘之下。"安好,安好,安好",房子的脉搏又欢快地跳动了起来。"你们的宝藏。"

大风顺着林荫道呼啸而来,吹得树木左摇右晃。月光在雨帘中飞溅流溢,飘忽不定,而提灯的光芒却径直照进了窗里。蜡烛一晃不晃,静静地燃烧着。这对幽灵夫妇在屋里一边游走,一边找寻旧日幸福的痕迹;他们不时打开窗户,不时低声细语,生怕吵醒了我们。

"我们曾在这儿共眠。"她说。他补充道:"无数次地亲吻。""清晨醒来……""树间流银泻玉……""楼上……""花园里……""夏天来临的时候……""冬天下雪的时候……"远远地,传来一个又一个关门声。那轻轻的声响,仿佛心脏的跳动。

他们越走越近,最后停在了门口。风还在刮,银光闪闪的雨水顺着窗玻璃滑落。我们闭着眼睛,没有听到近旁有脚步声,也没有看到女人掀开她的幽灵斗篷。他用手挡着灯光。"看,"他低声说,"正酣睡着呢,嘴唇上有爱的印迹。"

他们把提灯提到我们头上,弯下腰来,安静而深情地看了很久、很久。横风疾吹,火焰微斜。地面、墙上,斑驳的月光摇曳不停,时而掠过弯下来的脸庞。他们在遐想,他们在探求睡梦者隐藏的幸福。

"安好,安好,安好",屋子的脉搏欢快地跳动。"这么多年了……"他叹息道。"你又找到了我。""在这里,"她低声地说,"我们在这里入眠,我们在花园里阅读,我们在阁楼上欢笑、滚苹果。我们把宝藏留在了这里……"他们弯着腰,灯光让我眼皮跳动。"安好!安好!安好!"房子的脉搏狂乱地跳了起来。我猛然睁开双眼,脱口而出:"噢,这就是你们的宝藏?心灵之光。"

周一或周二

慵懒,淡漠,一只白鹭扇动着翅膀越过教堂;从容,自在,它很清楚自己要去往何方。洁白,缥缈,全神贯注,天空不断遮掩;展开,攒动,停留,永无止境。一泊湖水?遮蔽湖岸!一座高山?噢,太美了……金色的阳光倾洒于山坡之上,瀑布飞落,然后是些蕨草,或是白色羽毛,永永远远……

渴求真实,等待揭晓,竭力提炼成几个字,永远渴求——(左边传来一声叫喊,接着是右边;车轮声从四面八方传来;公共汽车混乱地挤作一团。)——永远渴求——(时钟敲了整整十二下,声音清亮明晰,宣告正午已至;阳光散成斑驳的金色;到处都是孩童的身影。)——永远渴求真实。红色的圆形屋顶,硬币挂满了树梢,烟囱里吐出袅袅炊烟;犬吠声,叫喊声,"卖铁器啦"的叫卖声……真实呢?

阳光下，男人和女人脚上穿着的黑色或金色的鞋，正在闪闪发光——（这种雾天——糖？不用，谢谢——未来的英联邦）——火光雀跃，把整个屋子照得通红，除了那些黑色的人影和闪亮的眼睛。这时，屋外有辆货车在卸货，有个女子坐在桌前喝茶；厚玻璃橱柜里存放着裘皮大衣……

落叶纷纷……光，在角落飘忽闪烁，穿过车轮，银光四溅；本地的或外地的，不同程度地集聚、散开、挥发、除却、下落、撕裂、沉没、重聚……那真实呢？

如今，我靠在炉边的一块白色大理石上追忆。词句从乳白色的深处浮现，褪去黑色，凝聚、穿透。书滑落。在火焰中、在烟雾里、在瞬息进出的火花间——或者，现在远航，大理石方形垂饰下方是清真寺尖塔和印度洋，蓝波粼粼，星光点点——真实？满足于近似？

慵懒，淡漠，白鹭归来；天空把群星遮掩起来，为了让它们绽放光芒。

徐会坛 译

未写的小说

那副忧愁的表情，足以让人把目光从报纸边缘滑到那个可怜女人的脸上——如果没有那副表情，那张面孔丝毫不起眼，但现在却几乎成了人类命运的标志。人生就是你从他人眼中所看到的；人生就是人们的所知，一旦知道，无论怎样极力隐藏，都会被人发现……什么？人生似乎就是那么一回事。对面有五张面孔——五张成熟的面孔——每张面孔上都透露着学识。但奇怪的是，人们总想隐藏它！在每张面孔上都能发现隐忍的痕迹：双唇紧闭，低头，阴影遮住了眼睛；他们每个人都在用某种方式隐藏或压抑自己的学识。一个人在抽烟，另一个人在看书，第三个人在核实笔记本上的账目，第四个人则盯着对面墙上贴着的铁路图，第五个……最可怕的是，第五个人她什么也没做。她在思考人生。啊，可怜又可悲的女人啊，求你也加入这场游戏吧——为了我们大家，求你隐藏一下吧！

她好像听到了我内心的呼喊，抬起头来看了看，并稍微调整了下坐姿，然后叹了口气。她似乎在道歉，同时又像是在对我说："你要是明白该多好！"随后她再次思考起人生来。"但我其实明白。"我在心里默默回答。为了不至于失礼，我扫了一眼《泰晤士报》。"我什么都知道。'德国与同盟国昨日在巴黎正式迎来和平会谈——意大利总理西尼奥尔·尼蒂先生——有一辆载客火车与另一辆货运火车在唐克斯特①相撞……'我们全都知道——《泰晤士报》上都有——只是我们假装不知道。"我的目光再次越过报纸边缘投向她。她抖动了一下身子，手臂奇怪地扭到后背中间，摇摇头。我再次沉浸到对人生的思考中，就像潜入了一个深不见底的水库里一样。"爱读什么就读什么，"我继续想，"诞生、死亡、婚姻、宫廷公报、鸟类习性、列奥纳多·达·芬奇、沙丘谋杀案、高工资和生活费——噢，爱读什么就读什么。"我重复道："《泰晤士报》上什么

---

① 唐克斯特（Doncaster），英国英格兰南约克郡唐克斯特都市自治市的镇。

都有啊!"她又开始来回转头,也不嫌累,转了好一会儿之后,她的头才像只转不动了的陀螺一样渐渐地停了下来。

《泰晤士报》无法让她摆脱忧愁,其他人避免与她对视。对抗人生最好的方法就是把报纸折起来,折成一个平整厚实的正方形,这样一来,就连人生也无法将其穿透。折完后,我躲在自己的盾牌后武装起来,然后飞快地抬头看了看。她的眼光刺穿了我的盾牌,直视着我的眼睛,仿佛想从我的双眼深处发掘出一些沉积着的勇气来,然后把它们和水制成黏土。她径自抽搐了一下,仿佛在拒绝一切、怀疑一切,无论是希望,还是幻想。

火车轰隆隆地飞快驶过萨里①,跨过边界,进入萨塞克斯②。我光顾着观察人生,竟没注意到除了那个看书的男人,其他乘客都一个个地下车了。现在就剩下我们三个人了。到三桥站了。火车减速驶进站台,然后停住。那个男人也要下车了吗?我一方面祈祷他能留下,另一方面却

---

① 萨里(Surrey),英国英格兰东南部的郡。
② 萨塞克斯(Sussex),英国英格兰东南部的郡,与萨里毗邻。

又希望他离开——最后我还是希望他能留下。这时,他站了起来,态度倨傲地把报纸揉成一团,好像完成了件大事似的,然后猛地甩门而去,留下了我和那个女人。

那个愁容满面的女人略微向前倾了倾身子,有一句没一句地和我搭起了讪——聊起车站和假期,聊起她在伊斯特本①的兄弟,聊起这会儿的时节,我都忘了,她当时说的是早了还是晚了。但最后她望着窗外——我知道,她看到的只有人生——深深地吸了口气,说:"离家远——就是这点不好——"啊,我们终于接近了悲剧的结尾。"我嫂子"——她语气里透着的苦涩,让人想起柠檬和寒钢——然而,她不是在对我说,而是在低声地自言自语:"胡说,她会说……大家都那样说。"她说话的时候,坐立不安,好像她的背部变成了一只被拔了毛陈列在禽肉铺橱窗里的禽鸟的背部一样。

"噢,那头母牛!"她突然住口了,看起来很紧张,

---

① 伊斯特本(Eastbourne),英国英格兰东南部东萨塞克斯郡最大的镇、自治市镇。

仿佛草地上的那头大笨牛惊吓了她,使她免于言行失检。她抖了抖身子,然后又做了一次我之前看到过的那个难看的动作,仿佛抽搐过后,她肩膀的某处便会灼热或发痒,而那个动作能帮她稍作纾解似的。她看上去又成了世界上最悲苦的女人。我在心里再次责备她,虽然这次的原因和上次不一样。如果有原因,如果我知道原因,人生就不需要再承担罪名了。

"你的嫂子们……"我说。

她紧闭双唇,仿佛准备朝那个词唾毒液。她一直紧抿着嘴,用手套使劲儿擦拭窗玻璃上的一处污迹,似乎这样就可以永远擦掉某些东西——某些污迹、某些难以清除的污迹。但无论她怎么擦,那处污迹都还在,正如我所料,她抽搐了起来,把手臂弯到了后背,然后靠在了椅背上。冥冥中某种东西驱使我拿起手套,开始擦拭我面前的窗玻璃。这面窗玻璃上也有块污迹,不管我多用力,就是擦不掉。接着我也感到浑身一阵颤抖,然后我把手臂扭到后背中间并开始抓挠。我的皮肤似乎也变成了禽肉铺橱窗里陈列着的湿湿的鸡皮。肩膀间的某处又痒又疼,又湿又黏,痛痒难耐。我够得着吗？我偷偷试了试。她看到了，脸上闪过一丝颇具讽刺意味却又透露着无限悲凉的微笑。她原本打算再也不开口说话，但现在她又往下说了，分享她的秘密，传播她的毒素。为了避免与她对视，我靠在角落里，眺望窗外的斜坡和山谷，灰色和紫色，冬日风光。但是，在她的凝视之下，我读懂了她的信息，破译了她的秘密。

她口中的那个嫂子叫希尔达。希尔达？希尔达？希尔达·玛什——希尔达，那个丰乳肥臀的主妇。出租马车停下来的时候，希尔达手拿硬币站在门前。"可怜的明妮，长得越来越像只蚱蜢了——还披着去年的旧斗篷。唉，唉，这年头养两个孩子不容易啊，钱全花在孩子身上了。没事，明妮，我来拿；给你，车夫——没你的事儿了。快进来，明妮。噢，你，我都能抱得起来，更别说那个篮子了！"她们走进客厅。"孩子们，明妮姑姑来了。"

他们（鲍勃和芭芭拉）慢慢地放下手里举着的刀叉，离开餐桌并生硬地伸出手；然后又回到椅子上坐下来继续吃，但边吃边盯着她看。[不过我们跳过这些不说吧，装饰品、窗帘、三叶草瓷制餐盘、黄色芝士条、白色方形饼干……跳过，跳过……噢，等等！午餐吃到一半，那种抽搐又出现了；鲍勃紧盯着她看，勺子还含在嘴里。"吃你的布丁，鲍勃。"希尔达不高兴了。"她为什么抽搐呀？"跳过，跳过……我们来到二楼的楼梯平台，黄铜的镶边阶梯、破破的油毡地面；噢，是的！那间可以看到整个伊斯特本所有房屋屋顶的小卧室。那些铺着蓝黑色石瓦的屋顶曲曲折折的，看起来就像毛毛虫的刺状突起，一会折向这边，一会折向那边，红黄相间的屋墙交错其下。]现在明妮关上门，希尔达缓慢地走向地下室。你解开篮子的绑带，拿出破旧的睡衣放在床上，然后又把软毛拖鞋并排放好。那面镜子——不，你忽视了那面镜子。那儿整齐地放着几枚帽针。或许那个贝雕盒里装着些什么？你走过去摇了摇，发现里面还是只装着去年的那枚珍珠饰纽——仅此而已。你抽了抽鼻子，长叹一声，然后在窗边坐下。现在是十二月某个下午的三点钟，窗外下着毛毛细雨。楼下布料店的天窗里有灯光射出来，楼上一个仆人的房间也亮起了灯光，但很快就熄灭了。她没有东西可看了，发了会儿呆——你在想什么呢？（我从对面偷偷地看了她一眼，发现她睡着了,但也有可能是在装睡;如果她午后三点钟坐在窗边,那她会想些什么呢?健康、金钱、账单、她的上帝?)是的,坐在椅子边缘,俯瞰着伊斯特本的屋顶,明妮·玛什向上帝祷告。很好,她也可以擦擦窗玻璃,仿佛那样可以更清楚地看见上帝。但她看见的是什么样的上帝呢?谁是明妮·玛什的上帝?谁是伊斯特本黑色街道的上帝?谁是午后三点钟的上帝?我也看到了那些屋顶,看到了天空;不过,噢,天哪——看这些上帝啊!不像阿尔伯特亲王①,而更像克留格尔总统②——我已经尽力美化他了:他身穿黑色长礼服坐在椅子上,看起来并不那么高高在上;我能弄一两片云让他坐坐,然后让他从云里伸出来的手拿根棒子,那是根权杖吗?——黑色、粗重、带刺———个凶神恶煞的老恶霸——那是明妮的上帝!是他让明妮发痒、浑身抽搐的吗?还有窗上那一块块污迹,也是他的"杰作"?

---

① 阿尔伯特亲王(Prince Consort Albert, 1819 年 8 月 26 日—1861 年 12 月 14 日),全名弗朗西斯·阿尔伯特·奥古斯都·查尔斯·埃曼纽尔,是英国维多利亚女王的表弟和丈夫。
② 保罗·克留格尔(Paul Kruger, 1825—1904),南非布尔人,政治家,南非共和国(即德兰士瓦)总统。

这就是她要祷告的原因吗?她在窗玻璃上擦拭的是罪恶的污点。噢,她一定犯了什么罪!

至于是什么罪,我凭空猜测。我的脑海里闪现出一片小树林——在那里,春天可以看到迎春花,夏天可以看到风信子。离别,那是二十年前的事了吧?誓言破灭了?不是明妮的誓言!她非常虔诚。你看她把母亲照顾得多好!她用所有积蓄给母亲买了一块墓碑……玻璃下的花环……广口瓶里的水仙花。但是我走题了。罪行……大家说她独自承受痛苦,隐瞒秘密——那些懂科学的人口中所说的"性欲"。简直是胡说八道!怎么能给她安上"性"的罪名呢!不——更像是这样。二十年前,她走在克里登大街上,被服装店橱窗里灯光下那一圈圈闪亮的紫罗兰色丝带吸引住了。她来回徘徊……已经六点多了,跑回家还来得及。但是,她从玻璃转门进了那家店,店里正在减价促销。浅浅的托盘上装满了丝带,她停下脚步,拉拉这根,摸摸那根上的玫瑰花……无须挑选,也不用付钱买,每个托盘都会给她带来惊喜。"我们七点钟才关门。"很快,七点到了。她一路狂奔回家,可是为时已晚。邻居……医生……小弟弟……水壶……烫伤……医院……死亡……或者只有震惊,责备?啊,但细节无关紧要!关键是她所承受的一切。那个污点,那项有待赎清的罪过,一直压在她的肩上。

"是的,"她似乎在向我点头,"这就是我做的事。"

你是否做过,或你曾做了什么,我不关心,这些都不是我想要的。缠绕着紫罗兰色丝带的服装店橱窗——这才是我想要的。也许有点低级,有点太平凡——因为我虽然能选择罪过的形式,但有太多(让我再隔着报纸偷看一下——还在睡,或者还在装睡!白净、疲倦、双唇紧闭——有些固执,这是众人未曾想到的——没有任何性的痕迹)——太多罪过不属于你,你的罪过是低级的,只有这样才能反衬出惩罚之严正。因为,现在教堂的门开着,她坐在硬邦邦的长木凳上,她跪在褐色瓷砖上,日复一日,年复一年,不论是黄昏,还是黎明,(现在在这里)她不断祷告。她的所有罪孽不断坠落、坠落、一直坠落。污迹接纳了它们,凸起、泛红、灼烧,接着她开始抽搐。小男孩们指着她。"鲍勃今天吃午饭时……"但老女人们才是最坏的。

你现在无法继续坐着祷告了。克留格尔消失在云层背后了,就像被画家用一抹灰色,然后又用一点淡黑色给盖住了一般,最后连权杖端都看不见了。这样的事屡见不鲜!你刚看到他、感受到他,就有人过来打扰。现在这个人正是希尔达。

你有多恨她!她甚至会把浴室门也整夜锁上,让你连一点点冷水也无法得到。夜里有时候感到难受了,洗洗似乎会好些。约翰在吃早餐……孩子们……用餐时间总是最糟糕的,有时还会有朋友来……蕨类植物起不到完全的隐藏作用……他们也会揣测。于是,你独自外出,沿着海滩漫步,海上翻着灰白的波浪,风吹起报纸,玻璃温室罩着绿色,微风徐徐穿过,椅子要收两便士——太贵了——海滩上一定有牧师吧。啊,那儿有个黑人……那儿有个滑稽的男人……那儿有个带着鹦鹉的男人……可怜的小东西!这里没有人思考上帝吗?——就在那边,码头上方的空中,他握着手杖……噢,不,天空灰蒙蒙一片,什么也看不见,或者即使天空碧蓝,他也会被白云遮住。听,有音乐——哦,是军乐——他们在搜寻什么?他们抓到了吗?孩子们都在盯着看呢！嗯，掉头回家吧——"掉头回家吧！"这话饱含深意，可能是那个长着络腮胡子的老头说的……不，不，他没有开口说过话；但一切都饱含深意：斜靠在门廊上的指示牌、店铺橱窗上的名字、篮子里的红色水果、美发店里女人们的头……一切都在说："明妮·玛什！"但这时走来一个蠢货。"鸡蛋便宜了！"这样的事经常发生！我带领她走向瀑布，直接走向疯狂，就像一群梦中的羊，但她却转到别的方向，从我的指间溜走了。鸡蛋便宜了。可怜的明妮·玛什！她被困在世界的海岸上，从未犯罪、伤悲、狂想或精神错乱，从未错过午餐，从未遇暴雨而忘带雨衣，从未意识到鸡蛋的便宜。就这样，她回到家中……擦净靴子。

我对你的解读对吗？但那张人脸——那张完整摊开的报纸上方的人脸包含的内容越多，隐藏着的内容也就越多。这时她睁开双眼，眺望窗外。在这双眼睛里——该如何描述呢——发生了某种突变……某种分裂……你想抓蝴蝶，却一手抓到了花茎上，让蝴蝶飞走了，在这个过程中，你的眼睛也会呈现出这样的变化……夜幕中垂挂在黄色花朵上的飞蛾……悄悄地走上前去，抬起手，结果，它飞走了，飞高了，飞远了。我不会抬起手来。一动不动，然后，颤抖，人生、灵魂、精神，无论你是明妮·玛什的什么……我也孤单地停在属于我的花朵上……丘陵上空的鹰……生命的价值是什么？是起来反抗；在夜里、正午，一动不动；在丘陵上空一动不动，但一旦手影袭来……就飞走，飞高！然后再次安定下来。孤独，不被注意；俯瞰大地，下面的一切都那样平静，那样可爱。无人注目，无人关心。他人的目光是我们的监狱，他人的想法是我们的牢笼。我在这里，众人在那里。月亮与不朽……噢，我落到草地上了！你也落下来了吗？角落里的你，叫什么名字——女人——明妮·玛什？诸如此类的名字？她依旧紧贴在属于她的花朵上。她打开手提包，拿出一个空壳——一个鸡蛋的空壳——谁说鸡蛋便宜了？是你还是我？噢，是你在回家的路上说的，记得吧，就在那个老头突然打开雨伞的时候——也有可能是打喷嚏？无论如何，克留格尔消失了，然后你"掉头回家"，擦干净靴子。正是这样。现在你把一条手帕摊开在膝盖上，然后在上面洒下尖尖碎碎的蛋壳——一份地图的碎片——一个拼图。我真想把它们全都拼起来！

只要你坐在那里一动不动。她动了动膝盖——地图又碎了。白色的大理石岩块顺着安第斯山脉①的斜坡飞快地滚落下来，砸死了一整队来自西班牙的骡商，也砸坏了他们运送的货物：德雷克的战利品，黄金白银。言归正传——

说什么来着？说到哪儿了？她打开门，把雨伞插在伞架里——那都不消说，地下室飘来的牛肉的香味等等，也是如此。但是，我摆脱不掉，必须带着军人般的勇气、公牛般的盲目冲上前去将其驱散的，毫无疑问，就是那些蕨类植物后面的旅行推销员。这段时间我一直对他们视而不见，希望他们不知怎的就消失不见，但他们还在那里，这或者更好，事实上，如果这个故事要如其所想向下发展，内容丰富圆满，并足以展现命运与悲剧，其发展过程中就一定要出现至少两个旅行推销员和一整丛一叶兰。"一叶兰的叶子只部分地遮住了旅行推销员……"杜鹃花能够完全遮住他，同时还能让我短暂地沉浸在渴切想要的红色

---

① 安第斯山脉（Andes），陆地上最长的山脉，位于南美洲的西岸，范围从巴拿马延伸到智利。

和白色里。但是伊斯特本的杜鹃花——十二月里——在玛什家的餐桌上——不,不,我不敢往下想象;一切都只关乎面包皮和调味瓶、褶边和蕨类。或许,之后会有一刻海边时光。再者,愉快地穿过绿色浮雕、越过雕花玻璃瓶的平缓斜面,我有一种想要偷偷地凝视对面那个男人的冲动——我努力克制自己不那样做。那是玛什家的人都叫他为吉米的詹姆斯·莫格里奇的人吗?[明妮,你千万别抽搐,打断我对眼前这个人物的观察和想象。]詹姆斯·莫格里奇四处兜销……"纽扣"吧,怎么样?但现在还不是把它们带进来的时候——长长的广告牌上的那些大大小小的纽扣,有些形似孔雀眼,有些泛着土金色,有些像烟水晶,有些像珊瑚花……但我说了,还不是时候。他边旅行边推销,而每周四他会去伊斯特本——所以我们不妨让那一天成为他的"伊斯特本日"——和玛什家的人一起吃饭。他面色红润,眼睛很小,但眼神坚定——这可一点也不寻常——他食欲旺盛(真的很好,在面包吃完、肉汤喝光之前,他一眼都不会看明妮),餐巾被折成菱形——但这没什么,无论读者对此怎么想,都不要把我代入其中。让我们直接跳到莫格里奇家这个话题来吧。嗯，每周日詹姆斯·莫格里奇都会亲自修理家人的靴子。他读《真理》。但他的爱情呢？罗塞斯——他的妻子，是个退了休的医院护士——有意思——看在上帝的份上，让我小说中的一个女人有一个我喜欢的名字吧！但是没有；她是我脑海中未诞生的孩子，虽不正当，但依然被爱，就像我的杜鹃花一样。在每一本已经写好的小说里，有多少人死去——最好的、最爱的，然而，莫格里奇还活着。这是人生的错。明妮此时正坐在对面吃鸡蛋，而在铁轨的另一头——我们过刘易斯[①]了吗？——一定有一个吉米——要不然她为什么抽搐？

　　莫格里奇一定在那儿——人生的错。人生强加其法则，人生阻挡道路，人生隐藏在蕨类之后，人生是暴君……噢，但不是欺凌弱小者！不，我向你保证，我真心这么认为。天知道我怎么被蕨类和调味瓶后面的那股力量控制住的，桌面上水珠四溅、瓶碎罐裂。我不可抗拒地把自己嵌入到可以穿透或立足于一个人——那个叫莫格里奇的男

---

① 刘易斯（Lewes），英格兰东南部东萨塞克斯郡的城市。

人——的灵魂的结实肌肉的某处、强健脊骨的某处。那身体构造极其结实:脊椎如鲸骨般坚硬、橡树般直立,肋骨分出枝杈,肌肉紧绷像拉直的防水帆布,红色的洞孔,心脏抽吸、回流,吞咽进去的肉和啤酒,经过搅拌又成为血液……就这样,我们来到了眼睛。它们看着叶兰后面的什么东西:黑的、白的、阴沉的,又是盘子;它们看着叶兰后面的老女人,"玛什的姐姐,我更喜欢希尔达";现在是桌布。"玛什,也许莫格里奇家发生了什么事……"聊下去,芝士上了,又是盘子;把它转过来——粗大的手指;现在是对面的女人。"玛什的姐姐——一点也不像玛什,可怜的老女人……你该喂鸡了……说真的,她为什么抽搐?不是我说的那样?天啊,天啊,天啊!这些老女人。天啊,天啊!"

[是的,明妮,我知道你抽搐了,只因有那么一瞬你想到了——詹姆斯·莫格里奇。]

"天啊,天啊,天啊!"多美的音调呀!就像木槌落在风干木头上的敲打声,就像浪翻云滚之时古代捕鲸者的心跳声。"天啊,天啊!"好一声丧钟!为那些焦躁的灵魂而鸣，以慰藉、安抚他们。用亚麻布把他们裹起来，说声"再见！祝你们好运！"然后，"你想要什么？"尽管如此，莫格里奇还是会给她摘玫瑰的……结束了，都完结了。现在，接下来是什么？"太太，你要错过你的火车了"，因为它们不会一直停着不开。

那个男人可能会那样做。刚才听到的是圣保罗教堂钟声和公共汽车喇叭的回声。但我们掸去碎屑，噢，莫格里奇，你要走了吗？你非得下车了吗？今天下午你会坐着那其中的一辆四轮马车穿过伊斯特本吗？你是困在绿色硬皮纸箱中的男人吗？偶尔放下百叶窗，偶尔坐在窗边，仿佛一尊狮身人面像似的盯着外面，眼神阴郁，让人想起送葬的人、棺材，还有马和马夫的黄昏？告诉我吧——但是门猛地关上了。我们再也不会相见了。莫格里奇，永别了！

好，好，我来了，直接走上楼顶。我要缓一缓。思绪被搅成泥浆了——这些怪物留下了一个怎样的漩涡呀！翻滚的水波把水草拍到沙岸上，弄得青一块、黑一块的，直到所有元素慢慢重组，沉积物自我过滤，我才能再次用双眼清楚、平静地看世界。看，那是为死者祈祷的人的嘴唇——为那些再也不会相见的点头之交举办一个葬礼。

现在,詹姆斯·莫格里奇死了,永远走了。哎,明妮……"我再也无法面对了。"她说这话了吗?(让我看看她,她正拿起手帕的一端,抖掉上面的蛋壳屑。)靠在卧室墙上揪那些装饰在酒红色窗帘边上的小球时,她一定说了。但当一个人自己对自己说话的时候,说话的人到底是谁?被埋葬的灵魂——被一路驱赶至墓穴中央的灵魂……戴着面纱离开人世的自我……也许是个懦夫,但当其提着灯笼在黑暗的走廊不安地上下飞舞时,还是有美可言的。"我再也受不了,"她的灵魂说,"午餐餐桌上的那个男人——希尔达——孩子们。"噢,老天爷,她在呜咽!灵魂在哀哭命运……被四处驱赶的灵魂,蜷缩在逐渐缩小的地毯上……小得可怜的立足之处……宇宙中的一切都在缩小、破碎和消失……爱情、人生、信仰、丈夫、孩子……我不知道少女时代憧憬的那些美好与华丽。"我不要……我不要!"

然而……那些松饼,那头掉光了毛的老狗?我应该幻想内衣缀有珠饰的衬边及其带来的慰藉。如果明妮·玛什被车撞了,送到医院,护士和医生就会大喊大叫起来……展望与幻想……还有距离……林荫大道尽头的蓝色东西,但是,管它呢,茶很香浓,松饼冒着热气,那只狗……"班尼——嘿,回到你的窝里去——看妈妈给你带什么了!"接着,你拿出大拇指处被磨损了的手套,再次对抗所谓无孔不入的恶魔,你重新开始缝补,穿好灰色毛线,来来回回走着针。

来来回回,上上下下,织出一张网,上帝自己——嘘,别想上帝!针法真好!你肯定很为自己的针法感到骄傲。但愿什么事都别去打扰她。就让天光轻柔地洒下来,让云彩显现第一片绿叶的脉络,让麻雀落在枝梢,摇落凝挂在枝节上的雨滴……为什么抬头看?是因为听到声音,还是因为想到了什么?噢,老天啊!再次回到你做的事上,由紫罗兰色绸带装饰的厚玻璃橱窗?但希尔达会来。丑行啊,耻辱,噢,别再说了。

补好手套后,明妮·玛什把它放进抽屉。她断然地关上抽屉。我在窗玻璃里看到了她的脸:双唇紧闭,下巴高扬。接着,她绑了绑鞋带。然后,她摸了摸喉咙。你的胸针是什么？槲寄生还是幸运骨①？发生了什么？除非我弄错了……脉搏越跳越快，那个时刻就要到了，快速前进……前面是尼亚加拉瀑布②！尘埃落定！愿上帝与你同在！她下车了。勇气，勇气！直面它，接受它！看在上帝的份上，别再站在毯子上等了！门在那儿！我支持你。说！直面她！挫败她的灵魂！

"噢，麻烦你再说一遍！是的，这里是伊斯特本。我帮你拿下去吧。我先试试把手。"[明妮，虽然我们一直伪装，但我还是读懂了你……现在，我和你是同一阵线的了。]

"你的行李都齐了吗？"

"是的，太谢谢了。"

（你为何四处张望？希尔达不会来车站，约翰也不会；而莫格里奇正行驶在伊斯特本遥远的另一头。）

"我就站在我的提包旁等吧，太太，这样最安全。他

---

① 幸运骨（Merry-thought），英国有一种说法，人们在吃完鸡肉后，可以两个人一起用力拉着人字形的鸡肋，最后拿到较长那端的人就能许愿成真。1930年，Merry-thought一词被注册成为一家毛绒玩具公司的名称。
② 尼亚加拉（Niagara）瀑布，世界第一大跨国瀑布，位于加拿大安大略省和美国纽约州的尼亚加拉河上，与伊瓜苏瀑布、维多利亚瀑布并称为世界三大跨国瀑布。

说他会来接我……瞧呀,他来了,我的儿子!"

就这样,他们一起走远了。

好吧,但我感到困惑……毫无疑问,明妮,你更清楚!一个陌生的年轻男子……等一下!我要告诉他……明妮!……玛什小姐!……虽然我不知道。当她的斗篷被吹起时,总觉得有点奇怪。噢,但那既不恰当也不得体……当他们走到大门口时,看他的腰弯得多低呀。她找出她的票。在说笑吗?他们肩并肩,一路走远了……好吧,我的世界破灭了!我坚持什么?我知道什么?那不是明妮,也没有一个叫莫格里奇的人。我是谁?人生如骨头般空洞乏味。

但我还是看了他们最后一眼:他走出路边,她跟着他绕过一栋大建筑的边缘。这景象让我浮想联翩……我又被淹没了……神秘的人呀!母亲和儿子。你们是谁?你们为何走在街上?你们今晚睡在哪里?明天呢?噢,天旋地转,汹涌澎湃呀……再次裹挟了我!我追在他们后面。街上人来人往……白色的灯光倾泻……厚玻璃窗……康乃馨、菊花……漆黑花园里的常春藤……停在门口的送奶车……一对对母子,神秘的人呀,无论我走到哪里,我都能看见你们：你们、你们，还有你们！我加快脚步跟了上去。我想，这一定是大海：灰茫茫一片……黯淡如灰烬……海水涌动、低语。如果我跪下，用那古老的仪式行礼，那都是因为你们——无名的人们——我爱你们。如果我张开双臂，那都是因为我想拥抱和亲近你——可爱的世界！

安友人 译

弦乐四重奏

嗯——我们到了。

眺望窗外,地铁、有轨电车、公共汽车、许多私人马车,其中,我敢说,还有一些敞篷的四轮马车,来来往往,穿梭如织,从伦敦的一端到另一端……不知不觉间,我精神恍惚了起来——

是不是真的像他们说的那样,摄政街在整修……条约签署了……每年这个时候,天气都不冷……即使是那个价格,也租不到房子……流感最危险的是后遗症?我是不是忘了写下食物橱的裂缝……把一只手套落在列车上了?我要不要出于血缘亲情,探身过去,诚挚地握着那犹豫着伸过来的手——

"我们七年没见了!"

"上一次是在威尼斯。"

"你现在住哪儿?"

"哦，对我来说，最好是傍晚，当然，也要看你是否方便……"

"但我还是一眼就认出你来了！"

"但，那次战争还是让我们分开了……"

思绪掠过脑海——由于人类社交生活的迫使——是不是就像连发的箭一样，一支紧接着一支？这会不会生热……哦，他们打开电灯了……许多时候，是不是每当想说清楚一件事情时，都需要反复不断地补充和解释，并且，即使这样，也还是会引起难以预测的情绪，诸如后悔、喜悦、虚荣和渴望？我是说，如果这些都是显而易见的，就像那些穿戴在外的帽子、皮毛围巾、绅士们的燕尾服和珍珠领带夹——那会怎样？

什么怎样？每多过一分钟，我就多一分漠然——我坐在这里到底想干什么——更糟的是，我现在无话可说，也想不起上一次的情景来。

"你去看游行了吗？"

"国王看起来冷冰冰的。"

"不，不，不。但，话说回来，你刚才说什么来着？"

"她在马姆斯伯里买了一所房子。"

"不错呀!"

正相反,在我看来,她——她也可以代换成其他任何人——糟透了,时时刻刻考虑的尽是公寓、帽子、海鸥之类的问题,或者说,对在座的这一百个衣着光鲜、安居惬意、锦帽貂裘、酒足饭饱的人而言,似乎确实如此。我这么说,并非是要抬高自己,因为,我也正木然地坐在一把描金绘彩的椅子上,像所有人一样,不过是在径自翻扒深埋在记忆里的泥土——如果我没看错,我们都在各自追忆着什么,偷偷地寻觅着什么——为什么坐立不安?为什么对斗篷合不合身、手套扣不扣得上感到浑身不自在?看,黑幕前那张沧桑的脸庞,刚才还是彬彬有礼、笑容满面的模样,现在却一副郁郁寡欢、愁眉不展的样子,仿佛罩上了一层阴影——听,是第二小提琴在等候室调音吗?他们进场了;四个穿着黑色礼服的人,手里拿着各自的乐器,在一泻而下的灯光中,面对各自的乐谱坐下;他们先把琴弓放在琴谱架上,然后同时提起,轻灵地摆好起奏动作;接着,第一小提琴手看着对面的乐手,开始倒数:3、2、1……

破土——生长——含苞——绽放！高山顶上，一树梨花！接着，又如喷泉般，喷起、落下，节奏平稳——但罗纳河水，又深又急，在拱桥之下奔流而过，冲卷着落叶，翻滚、旋转，在银鱼身上投下片片暗影，宛如斑纹……河水迅猛，鱼儿无法上游——这很难描述——全被卷进深潭的漩涡之中；它们挣扎跳跃，鳍鳞刮擦，水花四溅。在激流的冲击下，水底的黄色鹅卵石不停地转动，一圈，一圈，又一圈……啊，终于自由了，顺流而下，甚至腾跃空中，如优美的螺旋；又如刨子下卷起的薄薄的花，上升，上升……行走于大地之上，而又能步履轻快、微笑不减的那些人，他们的心地该是怎样美好和善良啊！就像那些快活的老渔妇，瞧，她们在拱桥底下，或蹲或坐，多么自在惬意呀……噢，那情景，那些老妇人……她们笑得、闹得多欢啊，以至于走起路来都摇摇晃晃的了……嗯……哈！

"那是莫扎特早期的一首作品，自然……"

"但这首乐曲，和他所有的乐曲一样，使人灰心绝望……我是说希望。我到底是什么意思？那是最糟糕的音乐！我想要跳舞、欢笑，吃粉红色的蛋糕、黄色的蛋糕，喝清淡的、浓烈的美酒，又或是读一个低俗的故事，就是现在……我会读得津津有味。人的年纪越大，就越喜欢粗俗。走廊……哈！我在大笑。笑什么？你什么也没说，对面那位老绅士什么也没说……但假如……想象一下……嘘！"

忧郁像河流般淹没了我们。我们穿过柳林时，月光在柳枝间摇曳……我看见你的脸庞，听见你的声音和鸟儿的鸣唱。你在喃喃细语些什么？悲伤与欢乐，哀愁与欣喜，交织在一起，像月光下的芦苇丛，编来织去，紧密相扣，剪不断理还乱的痛苦与哀愁……哗啦！

船下沉，又升上来，犹如音乐降而又升……但现在新乐章舒缓宁静，且渐行渐远，似有还无，仿佛幽灵飘远，朦胧而略带伤感……突然节奏又明快有力起来了，旋律生动，情感激越，一路高扬，终于一下子激发了我内心双倍的热情……它在为我歌唱，抚慰我的哀愁，融化我的冷漠，并用爱拥抱忧伤的世界——啊，它方才不是要收回、终止它的款款柔情，而是巧妙而不露痕迹地将之交织编排起来，直到最后丝丝入扣，将细碎合一，织就出这图案，这完美的画卷……时而清明高远，时而低回怨慕，最后安然落幕于惆怅与欢乐之间。

"为什么又感伤了呢?还期待什么?还沉浸其中,不愿结束吗?全曲结束了。哦,那感觉就像惬意地躺下来休息,静待着漫天的玫瑰花瓣飘下来,飘下来,啊,它们浮在那儿不动了。只有一片花瓣还从那渺远的高空中继续往下飘,仿佛一个从看不见的热气球上跳落下来的小跳伞,飘呀,摇呀。它将一直这样飘摇下去,永不到达。

"别扯了,别……我什么也没感受到。那真是最糟糕的音乐……尽是些痴人梦话。而且,第二小提琴没跟上,你发现了吗?"

"瞧,蒙罗老太太正在摸索着找出口……视力一年不如一年了,可怜的女人……而地板又这样滑。"

年纪老迈,头发灰白而又双目失明的斯芬克斯……她一脸严肃地站在人行道上,招手叫停红色的公共汽车。

"多美妙呀!他们演奏得真好!太精彩、太美妙、太动人了!"

唠唠叨叨,倒还简洁明了。坐在我旁边的人的帽子上的羽毛色彩亮丽,令人愉悦,犹如孩子咯咯的笑声。窗外悬铃木的叶子透过窗帘间的缝隙,闪烁着绿色的微光。莫名其妙,却又激动人心。

"太精彩、太美妙、太动人了!"嘘!

情侣们在草地上。

"小姐,你愿意……"

"先生,我愿意……全心全意地信任你。而且,我们把我们的身体留在宴会厅了,草地之上的是我们灵魂的影子。"

"那这就是我们灵魂的拥抱。"柠檬树枝叶摇曳。天鹅游离岸边,梦一般地向水中央浮游。

"但话说回来,他跟着我下到走廊,然后,当我们走过转角时,他踩着我的裙子的蕾丝花边。除了'啊'一声大叫出来并停下来指出,我还能做什么呢?这时他拔出佩剑,挥舞起来,似乎要置什么于死地,并且大叫'可恶!可恶!可恶!'于是,我尖叫起来;正在凸肚窗写大牛皮纸书的王子闻声而来,他头戴一顶便帽,脚穿一双毛皮拖鞋,手里拿着从墙上抓下来的一把长剑——你要知道,那可是西班牙国王的礼物——我连忙披上这件斗篷,遮住裙子上裂开的地方,然后趁机跑开,躲起来……等一下,听!号角声!"

那位先生飞快地回答着那位女士,而她则极尽其能地恭维了起来,到最后她竟情不自禁地抽泣起来,以至几乎听不清她在说些什么,尽管她说的话的意思很简单——爱、欢笑、逃走、追求、天堂极乐———切都轻轻地漂浮在爱的涟漪中,欢快温柔。直到银号角的声音传来,一开始很缥缈,慢慢地越来越清晰,似乎是管家在迎接黎明,或通报情侣私奔的坏消息……绿意盎然的花园、月色笼罩的泳池、柠檬树、情侣,还有鱼儿,统统融入猫眼石般的天空了,这时小号清澈响亮的声音加了进来,那儿的大理石柱上架起了白色的拱顶……沉重的脚步声和高亮的喇叭声、铿锵声和叮当声,坚实的基础、牢固的根基,无数人在行进,混乱无序地踩着地面。但我们旅行的这座城市既没有岩石,也没有大理石,柱子默默地忍受着、毫不动摇地矗立着;没有一张面孔和一面旗帜,让人感受到问候或欢迎。那么离开吧,然后熄灭你的希望。我的欢乐在沙漠里枯萎,接下来要发生的事显而易见。柱子上空了,无可期待;没有投影，华丽、朴素。我倒向后面，不再渴望，只想着离开，找到街道，认出建筑，问候卖苹果的妇人，对开门的女仆说今夜星空灿烂。

"晚安，晚安。你走这边？"

"噢，不。我走那边。"

徐会坛 译

邱园①记事

椭圆形的花坛里栽了成百株花茎修长的花,那些花从半腰起长满心形或舌形的叶子,枝头则绽放着红色、蓝色或黄色的花朵,花瓣上缀有五颜六色的斑点。无论是红色、蓝色还是黄色的花朵,花蕊里都伸出又长又直的花柱,上面满是金色的粉末;那些金色的粉末在花柱的顶端尤其浓密。花瓣很宽大,每当夏风吹过,它们都会扶风摇曳;而花瓣一摇曳,投射出来的不同颜色的光就会交相辉映,把底下褐色的泥土染得五彩缤纷。光或是落在光溜溜、灰白色的卵石上,或是落在蜗牛壳褐色的环形纹上,又或是会落在一滴雨珠上,从其薄薄的表面散出红蓝黄三色杂糅的微光,那色彩太绚烂了,以至于看的人唯恐它会破裂、消失。

---

① 邱园(Kew Gardens),又译为基尤植物园、基佑园等,正式名称为皇家植物园(Royal Botanic Gardens, Kew),坐落在英国伦敦三区的西南角。

但雨珠并没有破裂、消失,而只是很快地就变回了银灰色。这时,光落在了一片叶子上,使上面交错的叶脉清晰可见。光继续游走,落在圆顶般的心形和舌形叶丛上,使其下的空间一下子溢满了清新的绿光。突然,风速变快了,一时间绿叶和花瓣犹如海波般荡漾了起来,炫彩的光影映进了七月里前来游邱园的男男女女的眼中。

花坛边掠过男男女女的身影,他们走得很随意,不循常规,就像花坛间纷飞的白蝴蝶和蓝蝴蝶。一个男人走在一个女人前面,两人相隔约六英尺。男人漫不经心,女人则较为专注,但她仍时不时地回头看看孩子们,让他们不要走太远。男人似乎有意与女人保持距离,但也有可能是无意的,他无非是在想些什么心事罢了。

"十五年前,我和莉莉一起来过这里,"他追忆往事,"我们坐在那边湖畔的某个地方,我整个下午都在向她求婚。那天下午很热,有只蜻蜓一直绕着我们飞……我清楚地记得那只蜻蜓,还有她鞋头上的那个方形银扣。我嘴里说着话,眼睛却盯着她的鞋看,她的鞋稍稍不耐烦地动一下,我不用看她就知道她要说什么……她的注意力似乎都集中在鞋上。而我的爱情、我的愿望,都在那只蜻蜓上;不知怎的,我认定,如果它停在那片叶子上,就是那片中间有红花的宽叶,如果那只蜻蜓停在那上面,她就会说'好'。但是,那只蜻蜓飞来飞去,就是不停下来……当然它没有停下来,幸亏它没有停下来,要不然我现在也不可能和埃莉诺、孩子们一起散步……我说,埃莉诺,你想过以前的事吗?"

"为什么这样问,西蒙?"

"因为我刚刚一直在回忆往事。我想起莉莉,那个我差点娶了的女人……咦,你怎么不说话了?你介意我想起过去吗?"

"我为什么要介意,西蒙?人常常会想起过去,不是吗?尤其是在这个园子里,多少人长眠于树下。他们不也是某些人的过去吗?所有遗骸,那些先人,那些长眠于树下的灵魂……他们不也是某些人的幸福、某些人要面对的现实吗?"

"对我来说,过去是一个方形银色鞋扣,还有一只蜻蜓……"

"于我,是个吻。想象一下,二十年前,六个小姑娘坐在湖边的画架前画睡莲。那是我第一次看到红色的睡莲。突然,一个吻落在了我的脖颈上。为此,我的手抖了整整一个下午,根本没办法画画。我拿出手表,看着时间,决定只给自己五分钟去回味那个吻——太珍贵了——那个吻来自一位头发花白、鼻子上还长着肉瘤的老太太。那个吻是我这辈子所有吻的开始。过来,卡洛琳,过来,休伯特。"

他们走过花坛,随后四人并肩散着步,不一会儿树间就只剩下逐渐变小的背影,渐行渐远。阳光和树荫在他们的背上雀跃,形成大片摇曳的碎影。

这时,椭圆形的花坛里,那只刚才两三分钟时间里一动不动,壳上落着红色、蓝色和黄色光斑的蜗牛,好像轻轻地动了一下;它开始推开稀松的泥土费力地向前爬,它似乎是在朝着某个坚定的目标前进,这和那只长着触角、爬得很快的绿色怪虫子不同;那只虫子想从蜗牛前面经过,但它深思熟虑般抖动着触须停了一小会儿之后,迅速而莫名其妙地掉头爬开了。泥土凹陷形成的绿色深湖和棕色悬崖,倒在地上、从根部到末梢都摇来晃去的、刀一样的树木,灰色的大鹅卵石,有细细的裂纹的宽阔褶皱的地表……这些都是蜗牛想从两根花茎间爬到它的目标的过程中,所要经过的障碍。这时,蜗牛面前出现了一片拱起的落叶,正当它犹豫着是要绕过去还是直接穿过去的时候,花坛边又来人了。

  这次是两个男人。两人之中比较年轻的那个的表情平静得似乎有点儿反常。他的同伴说话的时候,年轻的男人抬起双眼,目不转睛地看着前方;等他的同伴一说完,他就又看向地面,有时候隔很长时间才会开口说些话,有时候则干脆一句话也不说。年纪大点的那个走路的样子很奇怪,看起来摇摇晃晃的。他的手向前颤抖,脑袋却猛地向后仰,就像一匹在门口等得不耐烦了的拉马车的马;但对于那个年纪大点的男人而言,这些动作都是在他不由自主的情况下做出来的,而且毫无意义。他没完没了地说话,径自笑了笑,然后又继续说,仿佛那笑就是某种回应似的。他正在谈论灵魂——死人的灵魂。据他说,那些死人的灵魂正在向他描述各自的天堂奇遇。

"古人认为,塞萨利①就是天堂,威廉,现在战争打响了,灵魂就在山间翻滚,发出雷鸣一般的声音。"他停了一下,似乎在聆听什么,然后笑了笑,猛一仰头,又继续说:"要是你有一节小电池,一段绝缘的电线橡胶。是隔离?还是绝缘?管它呢,我们跳过细节部分,如果不懂的话,说了也没用。总之,这个小机器可以放在床头的任何地方,只要方便就好,比方说,可以放在一个整洁的红木台子上。所有安装程序由我指挥,让工匠操作,然后让寡妇虔诚地静听,按照之前约好的暗号便能召唤亡灵了。女人!寡妇!穿黑色丧服的女人……"

他似乎看到远处一个女人的裙子。那裙子在阴影里呈现出紫黑色。他脱下帽子,用手捂着心口,快速地走向那个女人,口中念念有词,他狂热地打着各种手势。但威廉一把抓住他的袖子,用手杖点了点一朵花,想转移老人的注意力。老人茫然地看了会儿花,俯身把耳朵凑上前去,

---

① 塞萨利(Thessaly),希腊中东部的一个地区;希腊人认为宙斯的家在奥林匹斯山(Mount Olympus)上,位于塞萨利和马其顿(Macedon)之间。

似乎在回应从那朵花里传出来的某个声音,因为此前他大谈乌拉圭的森林。数百年前,他曾与全欧洲最美丽的少女去过那里。他一直喃喃自语,说乌拉圭的森林里遍地都是热带玫瑰,像蜡一般的花瓣,说起夜莺、海滩、美人鱼,还有在海中溺亡的女人。他边说边被威廉推着往前走,威廉脸上也渐渐显出不耐烦的表情。

两个上了年纪的女人紧跟其后,她们看到老人的动作,都有些摸不着头脑。她们都来自中下阶级,一个身形矮胖,举止笨拙,另一个面色红润,手脚灵活。她们这个阶级的人有个特点,就是看到有人——尤其是有钱人——行为古怪、脑子不大正常时,就特别感兴趣。可惜她们还是离得远了点儿,无法确认老人做那些动作是因为生性古怪,还是因为真的疯了。她们对着老人的背影沉默地端详了一会儿,彼此交换了一个诡异的眼神,然后就又兴致勃勃地继续那莫名其妙的对话:

"内尔,伯特,罗得,赛斯,菲尔,爸爸,他说,我说,她说,我说,我说,我说——"

"我的伯特,姐姐,比尔,爷爷,那老人家,糖,亲爱的,面粉,腌鱼,青菜,亲爱的,糖,糖。"

对方语似连珠,那个笨拙的女人却一直盯着那些坚挺地立在泥土中的花,满脸好奇。她那模样像是刚从沉睡中醒来,看到铜烛台反射出不寻常的光,于是闭了眼,又睁开,再次看向铜烛台,最终彻底醒来,使劲儿盯向那个烛台。所以那个矮胖的女人干脆停下来,站在椭圆形花坛对面,甚至都不再假装听另一个女人说什么了。她站在那儿,时而俯身,时而后倾,一心赏花,任由对方的话语像雨点一样打向自己。赏够了,她才建议找个地方坐下来喝茶。

这时,蜗牛已经想遍了所有既不用绕过也不用翻过枯叶就能到达它目标的方法。翻过枯叶很费力,而且它也怀疑这叶子薄薄的质地能否承受住自己的重量;那枯叶被它的触角尖儿稍微碰一下,就不停地抖动。最后,它决定从底下爬过去,这片枯叶蜷曲后的上下高度恰好可以让它通过。它刚刚把头伸进去,来回打量那褐色的、高高的屋顶,刚刚适应那柔和的褐色光,就有另两个人从外面草地经过。这次是两个年轻人,一男一女。他们都正值青春年华,甚至要更年少些,如含苞待放的粉色花蕾,或如刚刚长好翅膀的蝴蝶，尚未在阳光下翩翩起舞。

"还好不是星期五。"他说。

"怎么？你相信运气？"

"星期五来要付六便士。"

"付六便士怎么了？这不值六便士吗？"

"什么'这'——你指什么？"

"噢，随便吧……我是说……你懂我的意思。"

这一句句对话之间总是相隔许久，沉闷又单调。这对情侣站在花坛边不动，接着一起将伞的尖端深深地插入松软的泥土里。在这一过程中，他把手放在她的手背上——这是他们表达彼此感情的独特方式。那些看似无关紧要的简短对话也表达了某些东西，只是这些话语的翅膀短小，无法承载着意义的沉重身躯飞远，因而他们开始闲扯周围的寻常事物，可他们缺乏经验，说的话题总是很大。但有谁知道（他们边把伞插进土里边想），事物之间是不是隐藏着悬崖峭壁呢？抑或是冰峰的另一面也无法照射到阳光呢？谁知道？谁曾经看过？当她好奇邱园的茶是哪个品种时，他感觉她话中有话，似乎有个巨大、实在的东西在他们身后；薄雾慢慢褪去，呈现在眼前……噢，天哪！那些是什么？小小的白色桌子，女服务员先瞅瞅她，再瞅瞅他。要结账时才发现，他真的要付两先令。他摸摸口袋里的两先令，告诉自己，这是真的，一切都是真实的。对任何人来说，这一切不是梦，除了他与她。如今他开始感觉有点真实了，并且——他站在那儿想想都兴奋不已，于是他猛地把伞从土里拔出来，迫不及待地想去找个可以和他人一起喝茶的地方，就像其他人那样。

"来吧，特莉西，我们该去喝茶了。"

"喝茶的地方在哪儿？"她声音中透着万分激动的味道，她环看四周，任他牵着往草丛小路走去。她把伞拖在身后，转头看看这里又瞅瞅那里，早忘了喝茶的事，她一心只想四处转转，只记得野花丛中的兰花、白鹤、中国式宝塔，还有那红冠鸟。但她最终还是被他拉走了。

就这样，一对对情侣不断地经过花坛，全都漫不经心、没有目的地散着步，在一层层蓝绿色雾气中渐渐走远。起初还能看见他们的身形和些许色彩，但过了一会儿他们就都在蓝绿色中消失得无影无踪了。这天真热！热到连画眉都躲在花荫里,半天才动弹一下,跳起来像只机械鸟一样。白蝴蝶也不再翩翩起舞,而是上下来回盘旋,它们的白色翅膀如同破碎的大理石柱,伫立在最高的花朵上。棕榈树温室的玻璃屋顶闪闪发光,好似一个在阳光下开放的露天市场,到处都摆满了闪亮亮的绿伞。头顶传来飞机的轰隆声,这是夏日天空在喃喃诉说自己的雄壮气魄。黄、黑、粉、雪白——周围都是五颜六色的身影,男人、女人、孩子在天空的渲染下都被染上了颜色。他们看到草丛上那一大片金色,马上就动摇了,纷纷躲进树荫里,像水滴一样融入这金和绿中,只留下淡淡的红与蓝。看来所有庞大的身躯已被热气熏倒,蜷缩在地上,一动不动,但是他们的声音仍在飘荡,就像粗蜡烛上微弱的火苗一样。声音。对,有声音。无言的声音,瞬间打破了沉寂——被一种深深的满足、强烈的渴望,或孩子们声音里充满的对万物的惊奇打破。打破了沉寂?但没有沉寂啊。公共汽车不断地换挡,轮子也一直转呀转;城市喧嚣不止,就像一大套中国套盒①,

---

① 中国民间工艺品,大套盒里容纳小套盒。

全是钢轮,一个套着一个,转个不停。可那无言的声音却异常洪亮,盖过所有喧嚣,数不清的花瓣也在空中投射出自己斑斓的色彩。

安友人 译

墙上的斑点

大概是今年一月中旬的时候,我抬起头来,第一次看见了墙上的那个斑点。想要确定具体是哪一天,就得回想当时我都看见了些什么。现在我想到了炉火,黄色的火光稳稳地投射在我的书页上;三朵菊花在壁炉架上的圆形的玻璃碗里。对了,那一定是冬天的某个时候,我们刚喝完下午茶,因为我记得,当我抬头并第一次看见墙上的那个斑点时,我正在抽烟。我透过袅袅烟雾望去,瞥见燃烧的木炭,那旧时的幻象——城堡塔楼上飘扬着的深红色旗帜——袭入我的脑海。我还看到,一队红衣骑士正从黑色的岩石旁涌现——还好我看见了那个斑点,这些幻象消失了,这让我松了一口气,因为那都是过去的幻象,无意识的幻象,也许在我还是孩子时就形成了。那是白墙上的一个黑色小圆点,在壁炉架上方大约六到七英寸的地方。

对于新鲜事物,我们的思想总是很容易就被吸引过去,对它研究一小会儿，会像蚂蚁狂热地搬动一根稻草，然后舍弃一样……如果那个斑点是一枚钉子造成的，那枚钉子挂的一定不是大幅图画而是袖珍画像——一位卷发、扑着白粉、两颊抹着脂粉、双唇如红色康乃馨的女士的袖珍画像。那肯定是一幅赝品，因为这座房子之前的主人应该会选这类画像——老式的房间搭配老式的画像。他们就是那一类人——很有趣的人，我常常想到他们，在一些很奇怪的地方或情境中，因为我再也不会见到他们，再也无法知道随后发生了什么。他们想要离开这所房子，因为他们想要改变家具的风格，他是这样说的；他正说到艺术的背后应当包含一些思想的时候，我们就分别了，那情形就像坐火车——我们坐在火车上，看见郊区别墅的后花园中，有一个老太太正准备倒茶，一个年轻人正举起球拍要击打飞来的网球，但火车呼啸而过，我们就把他们都远远地抛在身后了。

但关于那个斑点，我并不确定。我终究不相信它是由钉子造成的，它太大、太圆，不像钉子弄的。我本可以站起来去看看，但即使我真的那样做了，十有八九也还是弄不清楚它是怎么造成的，因为一件事情一旦完结了，就再也无法知道它当初是如何发生的了。噢！天呀，生命神秘莫测！思想难以精确！人类愚昧无知！为了表现我们对我们的所有物的控制力是那样微不足道——相对于文明而言，个人的生活是多么偶然和琐屑啊——让我重新数数一生中失去的一些东西，首先，因为丢失的那些东西似乎总是最神秘的——哪只猫会咬，或者哪只老鼠会啃——三只装订书工具的浅蓝色盒子？然后是鸟笼、铁箍、滑冰鞋、安娜女王的烟斗、弹子球桌、手摇风琴……都不见了；还有一些珠宝，猫眼石和绿宝石，散落在芜菁根边上，当然这都是些琐碎的东西！奇妙的是，我此刻竟披着衣服，坐在结实的家具之间。哎，如果要我把生活比作什么的话，我一定会把它比作一个人被以每小时五十英里的速度从地铁隧道抛出……在另一端重新着陆时，头发上一个发卡也不剩！他被赤裸裸地抛到上帝的脚下！埋头倒立在长满长春花的草地上，就像邮局中盖着钢戳的牛皮纸包裹一样！发丝向后飞扬，如一匹奔马的尾巴。对了，这可以表达生活变幻莫测、永无止境的耗费与修复……一切都那么随意，一切都那么偶然……

然而,在生命之旅结束之后……粗壮的绿茎耷拉着,花盏倾翻,紫色和红色的光彩犹如洪水一般涌来。究竟,为什么我没有出生在彼处,而是在此地,在草根之间或在巨人的脚趾之间摸索……无助、无言、无法集中注意力?至于哪些是草木,哪些是男人和女人,又或者是否真的有那些东西,我无法五十年如一日地去验证。除了充满黑白的空间,其他一无所有。只剩下因粗枝横断而造成的交错的光影,也许在高一些的地方,会有一些朦胧的玫瑰状的色块——暗淡的粉红色和蓝色——随着时光流逝,它会变得越来越清晰、越来越……我不知道是什么……

但那墙上的斑点肯定不是一个洞孔。它完全可能是由一块黑色的圆形物体造成的,比如夏天时残留下来的一小片玫瑰花瓣,因为我不是一个称职的主妇——看看壁炉架上的灰尘,人们说,这些灰尘可以把特洛伊城整整埋上三次——同样,你也可以相信,只有各种器皿的碎片能永不湮灭。

窗外的树枝轻轻地拍打着窗玻璃……我想要安静、从容、自由自在地思考,永远不被打扰,也不必从椅子上站起来;我可以从一个思绪轻松地流转到另一个思绪,毫无紧张或滞碍之感。我想要沉潜得深一些……更深一些……远离浮于表面的、粗鄙破碎的事实。为了让自己平静下来,我得抓住掠过脑海的第一个想法……莎士比亚……好吧,他也行,和其他人一样。他坐在一把扶手椅上,凝望着炉火,出了神,这时……灵感犹如阵雨般从高远的天上连绵不断地降落在他的脑海中……他把前额靠在手上,与此同时,有人从敞开的门里望进来——这个场景应当发生在一个夏日的傍晚——但这种历史故事实在是太沉闷乏味了!我一点也不感兴趣。但愿我的思绪能够柳暗花明,转到一些令人愉快的事情上,例如,间接地褒扬我自己的思绪,因为那是最愉快不过的了,即使是素日里谦逊的人——他们由衷地相信自己不喜欢听到赞美自己的话——也常常有这样的想法——这些话语不是那种赤裸裸的自夸,而这正是它们的妙处所在,它们像这样:

"我走进房间,他们正在讨论植物学。我说我曾看到过一朵花生长在京士威道①一处老屋遗址的垃圾堆上。那

---

① 京士威道(Kingsway),伦敦市中心的一条主干道,修建于1905年。

朵花想必是在查理一世①时期种下的。查理一世时期,人们都种些什么花儿呢?"我问——(但,不记得答案了)。也许是高高的、长着紫色穗子的花吧。如此这般,继续下去。我不停地在脑海里装扮着自己的形象,悉心地、偷偷地——不会堂而皇之地喜爱它,因为如果我真的那样做,我就会发觉自己做错事了,会立刻伸手抓起一本书来自卫。说来也奇怪,人们会很本能地保护自己的形象,让它免于偶像崇拜,或任何其他可能使之变得可笑,或因太失真而难以相信的处理方式。也许,这也并不奇怪?这是个极其重要的问题。设想一下,镜子破碎,形象消失,那环绕在幽深绿林中的浪漫唯美的形象瞬间不复存在,只剩下他人眼里的一个人形的躯壳——变成一个赤裸暴露而又浅薄乏味的世界——一个无法栖居的世界——啊,多么令人窒息!当我们在公共汽车和地铁上彼此相对时,我们就是在照镜子;这就解释了我们眼神中的茫然与无神。而未来的小说家们

---

① 查理一世(Charles the First),英格兰、苏格兰及爱尔兰国王,1625年3月27日加冕,1649年1月30日被处死。

将会越来越意识到这些形象的重要性,因为那当然不只有一个形象,而是几乎有无限多个;那些是他们将要探索的深处、追逐的幻影,而对现实的描述却将越来越被排除在他们的故事之外,并被视作理所当然的知识,就像希腊人那样,也许莎士比亚也是——但是,这些一概而论的说法毫无价值可言。"一概而论"这个词听起来就够难受的了;它让人想起头条新闻、内阁大臣……人们小时候都认为这些是事物本身的、标准的、真实的东西,谁要是稍有偏离,就会有遭到无名的诅咒的危险。提到概括,莫名地让人想起伦敦的星期天,星期天的午宴、星期天的午后散步,以及言说死亡的方式、衣着与风俗习惯,例如,大家一起在一个房间里坐到某个特定的时辰(尽管没有人喜欢这样),一切都有规可循。在那个时期,桌布必须是用织锦做成的,并且上面一定要饰以黄色的小方格,就像你可能在相片中看到过的皇家宫殿走廊里的那种地毯一样。不是这个样子的桌布不是真正的桌布。有朝一日你会发现这些所谓真的东西,星期天的午宴、星期天的散步、乡村别墅,乃至桌布都并不全是真的,竟有一半都是幻影,并且降临于不信者的惩罚也只不过是一种非法的自由感而已——那该多么令人震惊,然而又该多么奇妙呀!我在想,现在是什么取代了那些事物呢,那些真的、标准的事物?也许是男人,如果你是一个女人;男性观点统治着我们的生活,设定着标准,还建立起了"惠特克尊卑序列表"[1]。我认为,它已然成了战后许多男人和女人的半个幻影,然而,它也很快(也许有人希望)就会被嘲笑并抛弃到幻影的垃圾箱里去……桃花心木餐具柜和兰西尔版画[2]、诸神和魔鬼、地狱等等……让我们全都沉浸在令人陶醉的非法的自由感中……如果自由存在的话……

在一定的光线之下,那个墙上的斑点看起来似乎突出于墙面;此外,它也不完全是圆形的。我不能确定,但是,它好像投下了一处可见的阴影,似乎如果我的手指划

---

[1] 《惠特克年鉴》(Whitaker's almanack),英国出版家约瑟夫·惠特克(Joseph Whitaker, 1820—1895)于1868年创刊,被誉为英国最好的年鉴和一部微型百科全书。收录的内容上至天文,下至地理,涉及世界各国的基本情况和科学知识。其中有一个章节涉及社交场所的尊卑次序,例如就餐座位安排、着装规范等。
[2] 兰西尔版画,英国维多利亚时代学院派画家埃德温·兰西尔爵士(Sir Edwin Landseer, 1802—1873)的大哥一生都致力于把他的画制成版画,当时兰西尔版画几乎随处可见。

过墙面，就会在某一点爬上然后又爬下一个小坟包，一个像那些南部丘陵的土冈那样的平滑的坟包……那些土冈，人们说，它要么是古墓，要么是古营地。此二者中，我更希望它是古墓；我和大多数英国人一样渴望忧郁，并且觉得在散步结束时想到躺在草地之下的尸骸是件很自然的事情……一定有某本书是关于这个的。某个古物研究者想必已经挖出了那些尸骸并一一命名……古物研究者是个怎样的人呢？我在想。多半是退役的上校，我猜，他们带领几批上了年纪的工人来到山顶，检测泥石土块，并和附近的牧师通信……牧师在早餐时间展读信件，给他们一种被看重的感觉……比较研究箭镞使得他们需要长期在各个郡县旅行，而这些旅行对于他们和他们上了年纪的妻子们而言是令人愉快的：妻子们想要做李子酱，想要把书房打扫得干干净净，她们有十足的理由希望那个营地或是坟墓的重大疑问一直悬而不决。与此同时，上校自己则在积累该问题双方的证据的过程中泰然自得。最后，他倾向于相信那些山冈曾是营地。但是，他遭到了反驳，于是他开始写一本小册子，准备在当地的季会上宣读。然而，就在这个时候，他中风倒下了。而在最后的清醒时刻,他想到的不是他的妻子和孩子,而是营地和那里的箭镞——那箭镞现在在当地的博物馆里展出,一起展出的还有一条中国女刺客的脚、一把伊丽莎白一世时代的钉子、大量都铎王朝的陶土管、一个古罗马陶器和一个纳尔逊用过的酒杯——这些都证明我真的一无所知。

不,不,什么都未明,什么都未知。如果我在这个时候站起来,并查明了那个墙上的斑点其实是——我们该说什么?——一枚很大的旧铁钉的钉头,两百年前钉进去的,现在,由于许多代女仆的耐心擦拭,钉头的油漆掉了,露了出来,并第一次看到了一间白墙和炉火通明的起居室中的现代生活——我将得到什么?知识?进一步思索的题材?我静静地坐着和站起来都可以思考。我们的饱学之士,除了是在洞穴和丛林中炼制草药、询问老鼠和记录星辰语言的女巫和隐士的后代,还是什么?并且,我们不那么尊敬他们了,因为我们的迷信减少了,而对美和健全理智的尊重增加了……是的,你可以想象一个惬意无比的世界,一个安静、辽阔的世界,旷野之上繁花盛开,姹紫嫣红;一个没有教授或专家或侧面像警察的管家的世界。一个你可以自由自在地展开思绪，就像鱼儿用鳍划开流水，游弋于睡莲的根茎之间，悬浮于白海蛋的巢穴之上的世界……多么宁静呀，沉浸在这里，植根在世界的中心，向上凝视，透过灰色的流水，还有它们那闪烁不定的波光以及倒影……要不是因为有《惠特克年鉴》……要不是因为有"惠特克尊卑序列表"！

我要跳起来，亲自去看那墙上的斑点究竟是什么——一枚钉子、一片玫瑰花瓣，还是木板上的一个裂口？

这又是本能那自我保护的老把戏。这一连串思绪让她感到，不仅有耗费精力的危险，还和现实有某种冲突，因为有谁会对"惠特克尊卑序列表"指指点点呢？坎特伯雷大主教的后面是大法官，大法官的后面是约克大主教。每个人都在某个人的后面，这就是惠特克的哲学，重要的是要知道谁在谁的后面。惠特克知道，本能忠告你说，就让它给你安慰吧，不要动怒。而如果你无法得到安慰，如果你非要打破这平静的时刻，就想想那墙上的斑点。

我了解本能的把戏——她敦促人采取行动，以终止任何使人兴奋或痛苦的思绪。因此，我想，我们对实干家的轻视怠慢随之而来。因为，我们认为这类人都不思考。然而，借着注视墙上的一个斑点，来为令人不快的思绪画上一个句号，这没有什么不好。

确实，当目光集中在它上面时，我感觉自己似乎抓住了大海中的一块木板；我感到一种惬意的现实感，并且，这现实感立即就把两位大主教和大法官化为了幻影。这是某种确定的、真实的存在。正因如此，从夜半的噩梦中惊醒，你会慌忙打开灯，然后僵直地躺着，崇拜衣柜、崇拜坚实的物体、崇拜真实、崇拜客观世界，因为它证明除了我们还有其他存在。那正是你想要明确的……木头是一个令人愉快的思考对象。它来自一棵树，而树独自生长，毫不关注我们，在草地、在森林、在河边……这些都是我们乐于思考的一切。炎热的午后，奶牛在树下嗖嗖地甩动尾巴；树把河流染得那样绿，以至于当你看到一只雌红松鸡潜入水中，你会想象它再浮出水面时羽毛会全都变成绿色了。我喜欢想象鱼儿在溪流中如迎风招展的旗帜一般保持平衡，还有水甲虫在河床的淤泥里慢慢地拱起小土堆。我还喜欢想象树本身——首先是紧密干燥的木质感，然后是风雷雨雪的刮磨，接着是缓慢渗出的芳香的树液。我还喜欢想象，在严冬的夜晚，它矗立在空旷的原野之上，卷起所有叶子，不把哪怕一点脆弱之处暴露于寒月的铁幕之下，犹如大地上的一支光秃秃的桅杆，整夜摇摆……摇摆……六月鸟儿的鸣叫听起来一定又聒噪又奇怪，爬在上面的昆虫的脚想必会感到很冷，你看，它们或艰苦地爬进树皮的褶皱中去，或静伏在叶子搭成的薄薄的绿棚上晒太阳，它们钻石切面般的红眼睛直望着前方……在寒风霜剑的严威下，它的纤维一根接着一根折断，终于，随着最后一阵暴风雪的到来，它倒下了，树顶的枝丫再一次深深地插进了泥土。然而，生命并没有就此完结，一棵树还与上百万坚忍而清醒的生命相连，可能在全球各地，在房间、在轮船、在人行道、在男男女女下午茶后坐在里面吸烟的隔间里。关于这棵树的思绪，全都那样宁静而愉快。我想要把它们分开来一个个单独地想象……但有什么东西打断了我的思路……我在哪里？它都是关于什么的？一棵树？一条河？唐斯丘陵[①]？惠

[①] 唐斯丘陵（The Downs），英国英格兰南部和西南部的有草丘陵地。

特克年鉴？长春花绽放的原野？我一点都不记得了。一切都在流转、在倒塌、在滑落、在消失……事情起了巨变。有个人正在看着我，并说——

"我要去买份报纸。"

"嗯？"

"虽然报纸也没啥好看的……什么也没发生。这该死的战争，让它见鬼去吧！……还有，我真纳闷为什么墙上会有一只蜗牛。"

啊，那墙上的斑点！原来是一只蜗牛。

徐会坛 译

新裙子

梅布尔脱下披风，明显感觉事情有些不对劲。巴尼特夫人递给她一面镜子，帮她涂涂抹抹，这让她注意到——或许太显眼了——所有放在梳妆台上的洗发、护发用品、乳液、衣物。一切都证实了她的怀疑——这不太对劲，很不对劲，她走上楼，疑虑也随之增强，最后竟迎面扑来。她问候了克拉丽莎·达洛维后，更确信某事不对，疑虑再次袭来。她直接走向房间另一头，走到某个阴暗的角落，照了照挂在墙上的镜子。不！这不对！她总想隐藏的那份困窘，那深深的不满——从孩提时代起，她就觉得自己低人一等——开始困扰她，残酷、冷漠，始终摆脱不掉，也许只有当她半夜在家醒来，靠阅读博罗或斯科特，才能暂时将它抛到脑后。因为，噢，这些男人，噢，这些女人，所有人都在思索——"梅布尔穿的是什么？看起来真恐怖！那条新裙子多丑啊！"——他们走近时还眨巴眨巴眼，等看清后就赶紧闭上。她不合时宜的装束,她的怯懦,她卑微、低贱的血统,都让她喘不过气。她和小裁缝在这间屋子曾为了新裙子折腾了好久,但此刻,整间屋子似乎变得既肮脏又恶心。她家客厅是何等简陋,她走出去,碰了碰客厅桌上的信,内心充满虚荣,炫耀般地说了句:"真无聊!"——如今,这一切显得那么愚蠢,微不足道,又狭隘。当她走进达洛维夫人的客厅时,一切轰然倒塌、冲出、爆发。

那天晚上,达洛维夫人的请柬送到的时候,她正在喝茶。当时她就想,自己肯定不会打扮得很时髦。事实上,假装时髦是件很可笑的事——时尚意味着款式,意味着格调,意味着至少要花三十基尼——何不独树一帜?不管怎样,为何不做自己呢?她站起身,拿出母亲留下的那本帝国时期出版的旧巴黎时装书。看看,她们穿得多漂亮、多高贵、多有女人味,然后想象自己也变成那样……噢,真是愚蠢……试图变成她们那样,其实她本来就很质朴、传统且魅力十足,打扮成那样无疑是在放弃自我,变得过分自恋,这种做派理应受到惩罚。

但她却不敢看镜中的自己。她无法面对那种惨状——土气、过时的浅黄色真丝裙,带有长长的衬裙、高高的袖口和束腰,这些在时装书里都显得那么高雅,但她穿不出那种感觉,尤其是与这群人相比。她直挺挺地站在那边,感觉自己像是裁缝店里的人体模型,可供年轻学徒把别针钉进去。

"不过,亲爱的,这也太迷人了吧!"罗斯·肖说道。罗斯双唇紧闭,上下打量着她,带着讽刺的味道。这是她意料之中的事——罗斯总走在时尚前沿,打扮得体入时,和其他人一样,始终如此。

我们都像苍蝇,在圆盘边缘奋力挣扎,梅布尔在心里一直重复这句话,她在心中默默画十字祈祷,似乎正努力寻找某些符咒来消除这份痛苦,让自己不那么难受。当她深陷其中时,她瞬间记起了莎士比亚的警句,还有多年前她从书里读到的台词,她一遍遍地反复默念。"苍蝇匍匐挣扎。"她又重复。如果她一遍遍重复后还是能看到那些苍蝇,她就会变得麻木、冷漠、刻板、哑口无言。现在,她看见有苍蝇从装牛奶的圆盘里缓缓爬出,翅膀全都黏在一起了。她极力（站在镜前，听罗斯·肖说话）说服自己，罗斯·肖和其他站在那边的人都是苍蝇，他们试图从某处爬出，或爬进某处，如卑贱、渺小、艰难前行的苍蝇。可是，她不该那样看待他们，至少不该那样看待除罗斯·肖之外的其他人。她觉得自己——就是只苍蝇，其他人则是蜻蜓、蝴蝶之类的漂亮昆虫，正翩翩起舞，振翅高飞，轻掠而过，只剩她还独自挣扎着从圆盘里爬出来。（嫉妒、怨恨，这些令人憎恶的恶习是她最大的缺点。）

"我觉得自己就像只邋遢、衰老、极其肮脏的老苍蝇。"她自言自语，就为了让罗伯特·海登听见，然后她停下来，想通过这样一句消极的话安慰自己，并表现出自己有多超然、多诙谐，让她觉得自己再正常不过。当然，罗伯特·海登回应了什么，很有礼貌，但很虚伪，她一眼就看出来了。他一走，她就对自己说（又是某本书上来的）："谎话！谎话！谎话！"她觉得，社交聚会要么让事情变得更真实，要么更虚假；她瞬间看穿了罗伯特·海登的心思，看透了一切。她看到了真相。这一切都是真的，这间客厅，她自己，而其他都是假的。米兰小姐狭小的工作室真是太热、太闷、太破了,全是脏衣服和煮卷心菜的味道。然而,当她接过米兰小姐递来的镜子,看了看自己身上穿着的裙子的时候,内心还是升腾起一阵狂喜之感。她心中满溢光明,顿时有了存在感。虽然她做了保养,脸上仍有皱纹,但她还是成了她梦想成为的人——一个优雅的女人。她瞥了一眼镜中的自己(她没敢再看久一点,因为米兰小姐想知道衬裙有多长),在红木镜框中的是个头发灰白、笑容神秘的迷人女子,那是她的本质、她的灵魂;这让她觉得亲切、真实,并非只有虚荣或自恋让她感觉美好。米兰小姐说这衬裙长到不能再长了;米兰小姐皱了皱眉,思考了好一会儿说这衬裙应该更短些才对。那一瞬,她彻彻底底地爱上了米兰小姐,比爱世界上任何人更甚。如果此刻米兰小姐趴在地上,嘴里塞满别针,满脸通红,眼珠凸起地为她修改衬裙的话,她会接受这种怜悯——如果一个人能为另一个人做到这种程度,她就会把他们看作真正的人类。她动身前往她的聚会,她看到米兰小姐把金丝雀笼子上的罩布拉开,或让小家伙叼她唇间的大麻籽。一想到它,想到人性的这一面，想到它的耐心、容忍，且安于如此悲惨、吝啬、卑微的小幸福，她热泪盈眶。

如今，一切都不见了。裙子、房间、爱情、怜悯、华丽的镜子、金丝雀笼子——所有一切都消失了，而此刻，她正站在达洛维夫人家的客厅一角，忍受折磨，彻底被现实唤醒。

但到了她这个年纪，又是两个孩子的妈妈了，还这样凡事上心，完全被别人的意见牵着走，毫无自己的原则或信念，无法像其他人一样说诸如"莎士比亚啊！死亡啊！我们都是船长饼干里的象鼻虫！"这样的话——或无论人们说过的其他什么话——就太显卑琐、怯懦和小肚鸡肠了。

她凝视着镜子里的自己，拍了拍左边的肩膀，然后就走进了房间。人们如长矛般的视线从四面八方飞来，刺向她的黄裙子。但她看起来并不烦躁或沮丧——如果罗斯·肖遇到这种情况，准会像博阿迪西亚女王①那样——窘

---

① 博阿迪西亚（Boadicea，？—公元60年或61年），英格兰东英吉利亚地区古代爱西尼部落的王后和女王，她领导了不列颠诸部落反抗罗马帝国占领军统治的起义。

迫和难为情,像个女学生一样强颜傻笑。然后,她又像一只被打了的杂种狗似的,畏畏缩缩地低头穿过房间,去看房间另一头墙上的一幅画,那是一幅版画。弄得好像人们来参加聚会就是为了看画一样!所有人都知道她为何这样做——因为羞耻,因为屈辱。

"苍蝇就在圆盘里。"她自言自语,"就在中间,出不来了,牛奶……"她死死地盯着那幅画,心想"黏住它的翅膀"。

"这太过时了。"她对查尔斯·伯特说,他本想走去和其他人说话,她却拦住了他(他很讨厌这种事)。

她指的是,或者她试图让自己相信自己指的是那幅画过时了,而非她的裙子。查尔斯只要称赞一声,或随便说句欣赏的话,那么对她来说,一切就会变得不一样。他只要说:"梅布尔,你今晚看起来真迷人!"她的人生就会改变。但她应该更为坦诚、直率些。查尔斯根本没说什么赞美的话,这并不奇怪,他是恶意的化身。他总能看透一个人,特别是当这个人尤为吝啬、卑微或愚蠢时。

"梅布尔穿了条新裙子呀!"他说。可怜的苍蝇被活生生推进圆盘中间。真的,她坚信他想让她淹死。他毫无同情心,本性也不善良,只是表面上友好而已。相比之下,米兰小姐更真实,更友好。要是人们能发觉,并永远坚信这点该多好。"为什么!"她问自己——用骄横的语气回答查尔斯,让他看出自己生气了,或者如他所说"发怒"了("这么气吗?"他说完,便又继续与站在那边的那个女人一起嘲笑她)——"为什么,"她问自己,"为什么我总是不信?不信米兰小姐的做法是对的,查尔斯是错的,为什么不始终坚信这点!为什么我不信有金丝雀、怜悯和爱的存在,为什么要走进一间满是人的屋子,承受来自周围的抨击?"她那令人厌恶的性格又出现了,胆小懦弱,又优柔寡断,每次总在关键时刻败下阵来且对贝类学、词源学、植物学、考古学不太感兴趣,也不喜欢像玛丽·丹尼斯、像维奥莉特·塞尔那样,把土豆切碎,看它们越堆越多。

随后,霍曼夫人看见她站在那儿,快速走过来。当然,霍曼夫人是注意不到裙子这种小事的,她家里总会有人从楼梯上滚下来,或是感染猩红热。梅布尔能告诉她埃姆斯罗普在八九月租出去了吗？噢，这段对话让她无聊透了！——她很愤怒，因为大家都把她当作房产经纪人或信差，随时随地地利用她。毫无意义，就只是这样，她想。她试图抓住某些实在、真实的东西，不过此时她却在努力解答有关浴室、南面朝向和顶楼热水的问题。她一直都能通过圆镜看到一点自己的黄裙子，裙子在镜中只有靴扣或蝌蚪那么大；一个只有三便士硬币大小的东西却包含了那么多屈辱、痛苦、自厌、艰难，和情绪的大起大落，这是多么奇妙的事啊！不过，更奇怪的是——这位梅布尔·华林，被众人孤立，形单影只。尽管霍曼夫人（黑色纽扣）身体前倾，凑到她跟前对她说自己的大儿子心脏负荷有多重，但梅布尔也能看透这位夫人，她在镜中显得非常疏离；黑点，前倾，双手来回比画；黄点，孤独地坐在一边，沉浸在自己的世界中；黑点试图让黄点明白自己心中所想，这不太可能，她们只是假装如此而已。

"让孩子们闭嘴可真难啊。"——人们只能谈论这类事情。

霍曼夫人始终不满足于自己所获得的同情，哪怕有一丁点儿同情，都会被她贪婪地抢走，仿佛这是她的权利（但她值得更多同情，她的小女儿今早下楼时，膝盖是肿的）。霍曼夫人接受了这可悲的施舍，既怀疑又嫌弃地看着它，好像本应给她一英镑，却给了她半便士似的，不过她还是把钱放进了钱包，她必须忍着，虽然施舍少得可怜，因为日子不好过，太艰难了。霍曼夫人往前走，脚踩在地板上发出嘎吱嘎吱的声音，这让她想起小女儿肿胀的关节，伤心起来。啊，太可悲了，贪婪、喧闹的人类，像是一群乱叫的鸬鹚，拍打着翅膀寻求安慰——可悲啊，就没人发觉这点吗，大家都只是装作发现了吗！

但是，梅布尔今天穿了黄裙子，再也挤不出一滴眼泪。她想要所有，所有为自己而流的眼泪。她知道（她始终盯着镜子看，沉浸在那个异常显眼的蓝色池子里）自己被其他人谴责、轻视，她就这样被抛弃到一摊死水中，因为她就像那只脆弱的、优柔寡断的小生物。似乎对她来说，黄裙子是她应受的罪，如果当初她打扮成罗斯·肖那个样子，穿着镶有天鹅绒褶裥花边的绿裙子，她才应该悔过；她想，一切都逃不掉了——无论如何，但毕竟不是她的错。家里有十口人，总是缺钱，她总是尽力节省、削减开支；她的母亲还扛大桶补贴家用，楼梯边的油地毡早已破旧不堪，家里接二连三发生不幸——但都不是什么大灾难，比如说尽管不是完全破产，但养羊场入不敷出了；她的大哥娶了个身份比他更卑微的姑娘，虽然差不了多少——他们之间没有爱情，没有任何轰轰烈烈。她的婶婶们在海滨胜地相继体面地去世，每处胜地都有她某位婶婶，长眠于某个有前窗但不太面朝大海的地方。这太像她们的作风了——她们总是斜眼看东西。她也做过相同的事——就像她的婶婶们一样。她曾梦想在印度生活，嫁给某位像亨利·劳伦斯爵士①那样的英雄、某位帝国创始者（她脑海里浪漫地闪现出一位包着头巾的当地人）。最终她幻想破灭，嫁给了休伯特，一个在法院任职的小职员，这工作既稳定又长久。他们勉强挤在一栋小房子里，没有佣人服侍，她一个人做家务很辛苦，挣的钱也仅能糊口，但只是偶尔这样——霍

---

① 亨利·劳伦斯爵士（Sir Henry Montgomery Lawrence，1806年6月28日—1857年7月4日），英国驻印度孟加拉陆军准将，在1857年印度叛乱时丧生于印度北部城市勒克瑙。

曼夫人走开了，心里嘀咕，自己从未见过这种瘦巴巴、不讨喜的人，打扮得也很可笑。她要告诉所有人梅布尔这身奇特的装束。

梅布尔·华林偶尔会想——她现在被独自留在蓝色沙发上，猛拍了下坐垫，假装自己很忙，因为她不想加入查尔斯·伯特与罗斯·肖的对话，他们站在壁炉边，像喜鹊似的叽叽喳喳个没完，或许他们还在偷偷地笑话她。

偶尔，会有片刻美好，像是某晚窝在床上读书，或是复活节去海滩晒太阳——让她回忆一下——大簇浅色沙草缠成一团，就像抛向空中的无数长矛。天空湛蓝，像光滑的瓷蛋，如此结实、如此坚硬，随后传来海浪的旋律——"嘘，嘘！"他们说，孩子们的喧闹声随处飘荡——没错，那是极美的瞬间，彼时她觉得自己躺在女神的掌心，躺在整个世界的中央；女神冷酷无情，却异常美丽。有只小羊羔被放在圣坛上（她确实在想这些傻事，不过只要她不提，那就无所谓）。她和休伯特也曾意外拥有过美好的日子——为准备周日午餐把羊肉剁碎，或者只是简单地打开一封信，走进屋子——这些都是幸福的时刻，她对自己说（她也不可能对其他人说这个):"就是它,有过这事,就是它!"另一方面也很令人惊喜——那就是,当万事俱备——音乐、天气、假期,所有幸福元素都聚于一处——之后,不再有这样的时光。她不再幸福,一切都变淡了,只有平淡,仅此而已。

她那讨厌的本性又出现了,毫无疑问!她始终是个焦躁、懦弱又贪婪的母亲,是个没有主见的妻子,她总是为自己模模糊糊的存在而感到自卑,不清晰、不醒目、卑微到极点,就像她所有兄弟姐妹一样,或许除了休伯特——他们都是翅脉透明的可怜生物,一事无成。在这艰难爬行的人生中,她突然到达了峰顶。那只可怜的苍蝇——她总是想起那个关于苍蝇和圆盘的故事,她是从哪儿读来的来着?——苍蝇挣扎出来了。是的,她经历过那些瞬间。不过,现在她已经四十岁了,那些瞬间会越来越少。渐渐地,她将不再挣扎。但是,那样的话就太可悲了!她简直无法忍受!她都为自己感到羞耻!

她明天可以去伦敦市立图书馆,找到某本奇妙、实用又惊人的书,这得碰运气,也许作者是位牧师,或是某个美国的无名小卒；她还可以去斯特兰德大街走走，随意走进一家礼堂，听矿工讲述他在矿井的生活。一瞬间，她会变成全新的她，她会彻底改变。她可以穿上修女服，别人会叫她某某修女；这样，她就不用再担心衣服的事了。之后，无论是查尔斯·伯特、米兰小姐，还是这间屋、那间屋，她心中也不会再起波澜。每一天都将如此，仿若她就躺在阳光中或在切羊肉。一定会是那样的！

于是，她从蓝色沙发上站起身，镜中那粒黄纽扣也站了起来。她朝查尔斯和罗斯挥挥手，向他们表明她一点儿都不指望他们。黄纽扣从镜中消失了，她走向达洛维夫人，道了声"晚安"。此时，所有长矛都刺进了她的胸口。

"不过，现在走有点太早了吧。"达洛维夫人挽留她，这位夫人总是很迷人。

"恐怕我必须离开了。"梅布尔·华林说。"不过，"她补充道，每当她努力想提高音量时，她那微弱、颤抖的声音就显得格外可笑，"我在这里过得非常愉快。"

"我过得很愉快。"她在楼梯上遇到了达洛维先生，对他说。

"谎话！谎话！谎话！"她边走下楼，边对自己说。"就在圆盘里！"她一边默默地自言自语，一边感谢巴尼特夫人替她拿来披风。她将自己一圈圈地包裹在那件穿了二十年的中式披风里。

安友人 译

狩猎会

她走进来,把手提箱放在行李架上,然后又把一对野鸡放在手提箱顶上。随后,她选了个角落的位置坐下。火车疾驰穿过中部平原,她开门时弥漫进来的雾气,似乎让整个车厢变大了,也让四位乘客之间的距离变远了。很明显,M.M.——她名字首字母的缩写就刻在手提箱上——在周末参加了一场狩猎会。她背靠着位于角落的那个座椅,俨然正在诉说自己的故事。但有一点很清楚,即便她未闭上眼,她也没有看到坐在她对面的男人,抑或是约克大教堂的彩色照片。她必然也听到了他们刚刚在说什么。她时而凝视前方,嘴唇微动,时而轻轻一笑。她长得眉清目秀,像一朵洋蔷薇,又像个带有斑点的黄褐色苹果;只不过她下巴上有块疤——她一笑,疤就变长了。她开始讲故事了,她想必是被邀请的客人,但她穿得就像几年前体育报纸上的那些女人一样,显得有些过时。她既不像客人,也不像女佣。如果她手里提个篮子，就活脱脱像是养小猎犬的，或是养逞罗猫的，或是与猎犬和马匹有关的某类人。但她随身只带了手提箱和野鸡，所以，她一定是好不容易才挤进这列车厢的。这时，她的视线越过拥挤的车厢，越过对面男人的秃头，越过约克大教堂的照片，似乎正在看些什么。她刚刚一定是听到了他们说的话，就像人们模仿别人发出的声音那样，她刚才从喉咙里发出了轻微的一声"咳"。紧接着，她笑了笑。

"咳。"安东尼娅小姐边发声边推了推鼻梁上的眼镜。潮湿的叶子从长窗外飘进来，纷纷掉落在走廊地面上；有一两片鱼形叶子被卡住了，像是嵌在窗棂上的褐色木料。这时，狩猎园里的树木颤抖了起来，落叶飘扬，似乎想让人们看见那颤抖——潮湿的、褐色的颤抖。

"咳。"安东尼娅小姐又吸了吸气，然后小口小口地吃着手里薄薄的、白色的东西，就像一只母鸡快速地啄食着一块白面包。

风呼呼地穿堂而过。这里的门和窗都不太严实。风吹得地毯泛起涟漪，就像有虫子从下面爬过似的。地毯绿黄相间，阳光倾泻，而后移开，随后嘲笑般地将手指停在地上的一个小洞上。不一会儿它又继续移动，太阳的手指显得无力，但却不偏不倚恰好落在壁炉上方的盾徽上，它柔和地点亮了那块盾牌、那串葡萄、那美人鱼和长矛。安东尼娅小姐抬起头，她感到光变强了。人们说，拉什利家族——也就是她的祖先——拥有广袤的土地。就在那儿。亚马孙河上游，海盗、航海者，劫掠一袋袋绿宝石，在海岛周围探寻，抓了俘虏，还有少女。她到了这里，从头到脚整个活生生的人都到了这里。安东尼娅小姐咧嘴笑了，她的眼睛随着太阳的光线向下移动。阳光落在一个银色相框上，落在一张照片上，落在一个像鸡蛋一样光滑的脑袋上，落在从络腮胡中突显出来的嘴唇上，最终停在底下用花体字写着的"爱德华"三个字上。

"国王……"安东尼娅小姐把白色的薄片放在膝盖上，喃喃自语——"拥有着蓝厅。"她摇了摇头补充道，这时，光线暗了下来。

在金斯莱德这片地方，野鸡们被枪口追得四处逃窜。它们像紫红色的大火箭一样，从灌木丛中猛地蹿出来。它们一出现，猎手们就逐一开枪，枪声急促、刺耳，好似一群猎犬突然开始狂叫。白烟四起，起初集聚，随后慢慢变淡，离散。

吊架下有条深深的小路，一辆运货马车停在那边，里面装满了狩猎品，它们的身体还未变硬，仍存有体温，爪子软塌塌地垂下来，但眼睛依旧泛着光泽。那些鸟儿像是还活着，只是有点眩晕，身上的羽毛又厚又湿。它们看起来既放松又舒服，时而微微颤动，好似正睡在车板上一团温暖的松软绒毛上。

乡绅脚踏破烂的长靴，一脸羞愧，骂骂咧咧地举起枪。

安东尼娅小姐缝起衣服来了。如今，火苗吞噬了一块又一块被塞进壁炉的原木，原木贪婪地燃烧着，不久便慢慢地熄灭了，只留下一圈细细的白色，正好是树皮被烧掉的地方。安东尼娅小姐抬了会儿头，睁大眼睛凝视着壁炉，就像猎犬本能地盯向火焰一样。随后火渐灭，她又继续缝衣服。

一片沉静，那扇巨大的高门被打开了。两个瘦瘦的男人走了进来，搬来一张桌子，正好盖住了地毯上的那个小洞。他们出去，进来，在桌上铺了餐布；他们出去，进来，带进来一个铺着绿色呢布的小篮筐，里面装有刀叉。接着是玻璃杯、白糖瓶、盐瓶、面包，还有插了三枝菊花的银色花瓶。桌面摆设完毕，安东尼娅小姐依旧缝着衣服。

门又开了，这次显得有些无力。一只小狗跑了进来，那是只嗅觉灵敏的西班牙猎犬。它停了停，于是门就那样一直开着，随后，拉什利老太太拄着拐杖走了进来。她白色的披肩上镶着钻石，让人忽视了她的秃顶。她步履蹒跚地从房间的一头走到另一头，找到靠近火堆的高背椅，驼着背坐下来了。安东尼娅小姐继续缝衣服。

"正在打猎呢。"她终于说话了。

拉什利老太太点点头，她紧握手杖，等待着。

猎手们已从金斯莱德转移到荷姆伍兹。他们站在外面那片紫色的田地中。偶尔嫩枝噼啪作响，树叶开始飞旋。但在烟雾上方有片蓝色——淡蓝、纯蓝——独自飘浮在空中。一阵钟声从远处那隐秘的尖塔里传来，在纯净的空气中嬉戏、雀跃，最终消失殆尽，像是迷了路的小天使。猎手们继续爬坡射火箭，那群紫红色的野鸡一窝蜂地向坡上逃，它们越爬越高。枪声再次响起，白烟缭绕，又慢慢散开。小猎犬忙着四处寻找战利品；那些野鸡仍有体温，湿湿软软的，毫无生气，仿佛已经晕了过去。穿长靴的猎手们把野鸡捆在一起，扔进马车。

"好了！"管家米莉·马斯特斯扔下眼镜，小声嘟囔着。她也在缝衣服，就坐在那间可以俯瞰马厩院子的小黑屋里。她给儿子缝的那件羊毛衫已经完成了，只是做工有些粗糙。她儿子是教堂的清洁工。"结束了！"她喃喃自语。她听到马车声了，车轮碾过卵石小路发出嘎吱嘎吱的声音。她站起身，用手摸摸她那栗色的头发，站在院子里等，微风轻轻吹过。

"来了！"她笑了，下巴上的那块疤变长了。她把门打开，管理员温格正驾着马车穿过卵石小路。鸟儿现在已经死了，它们的爪子紧缩着，尽管没抓着任何东西，它们的眼皮灰灰的，皱巴巴的。管家马斯特斯夫人和管理员温格一把抓住死鸟的脖子，把它们一串串扔到贮藏室的石板地上。地上瞬间溅满鲜血。现在看来，野鸡变小了，它们的身体似乎已经缩成一团。温格抬起马车后门，锁好车门。

马车两边尽是卡在里面的小小的蓝灰色羽毛，车板上血迹斑斑。可是，车已经空了。

"最后一次了！"看着马车驶远，米莉·马斯特斯咧开嘴笑了。

"夫人，午宴已经准备就绪。"负责指挥男仆的男管家指着餐桌说道。用银盖盖着的菜肴整整齐齐地摆放在他指向的地方。随后管家和男仆在旁等候。

安东尼娅小姐把她的白布放在篮子上，拿开了她正缝的东西和顶针，她把缝衣针插在一块法兰绒上，将眼镜挂在胸前的一个挂钩上。接着，她站起身。

"吃午餐了！"她冲拉什利老太太的耳朵大声喊着。一秒后，拉什利老太太迈开腿，紧拄手杖，也站起身。两个人慢慢走向餐桌，管家和男仆服侍她们坐下，一人在餐桌这端，另一人在那端。接着，银色餐盘盖被撤掉了。餐盘里装着光溜溜、油闪闪的野鸡，那只鸡的腿紧贴在身体两侧，两边堆有几小撮面包碎屑。

安东尼娅小姐用餐刀使劲儿切开鸡胸。她切下两片，放在盘子里。男仆熟练而迅速地把盘子拿开，随后，拉什利老太太拿起餐刀。窗外丛林里枪声四起。

"来了?"拉什利老太太把餐叉停在空中,说道。

狩猎园里树木的枝丫来回摆动。

她吃了口鸡肉。落叶轻拍窗子,有一两片贴在窗玻璃上了。

"现在应该到荷姆伍兹了。"安东尼娅小姐说,"休最后打猎的地方。"

她把餐刀插进鸡胸另一侧,陆续往盘子里加了土豆、肉汁、甘蓝和面包调味酱,放在鸡肉片周围,正好围成个圈。男管家和男仆就像宴会中的侍者一样,站在那里观看。她们吃得很安静,不怎么说话。她们也不急,慢慢悠悠地吃光了野鸡,盘中只剩下骨头了。男管家手端玻璃水瓶,走到安东尼娅小姐身旁,低下头,静候着。

"放这儿吧,格里菲斯。"安东尼娅小姐边说边用手指夹起盘中的剩骨,扔给餐桌下的西班牙猎犬。男管家和男仆躬身行礼,退了下去。

"近了。"拉什利老太太边听外面的声响边说道。起风了,被刮落的大片褐色枯叶纷纷扬扬,看起来就像空气在颤抖一样。窗玻璃被吹得哗啦哗啦直响。

"鸟儿惊了。"安东尼娅小姐点点头,望着外面一片混乱的景象。

拉什利老太太倒了杯红酒。她们啜饮着酒,眼睛就像举向光处的半颗宝石一般,闪闪发亮。拉什利老太太的眼睛是石蓝色的,安东尼娅小姐的眼睛是深红色的,如波特酒①的颜色。她们喝着酒,裙摆花边似乎在微微颤动,仿若她们的身体在羽毛的防护下温暖却无力。

"那天跟今天一样,你还记得吗?"拉什利老太太边说边拨弄着杯子,"他们把他带回家——他的心脏中了一枪。他们说是刺藤把他绊倒了,绊住了他的脚……"她一边小口喝着红酒,一边咯咯地笑。

"约翰……"安东尼娅小姐说,"他们说,母马的一只脚陷进一个洞里,他当场就死了。狩猎队骑马踏过他。他也被带回来了,躺在一块门板上……"她们继续小口啜饮。

---

① 波特酒(port wine)也称"波尔图酒",是葡萄牙的甜型强化葡萄酒,主产地位于葡萄牙北部省份的杜罗河谷。

"还记得莉莉吗?"拉什利老太太说。"挺坏的姑娘,"她摇了摇头,"她每次骑马都带着那条马鞭,上面还有鲜红色的流苏……"

"心眼坏透了!"安东尼娅小姐大叫。

"我还记得上校的来信。你儿子骑马狂跑,就像身附二十个恶魔似的——冲在所有人前面。接着,一个身穿白衣的恶魔——啊哈!"她再次抿了口酒。

"我们这家的男人们。"拉什利老太太开始说。她拿起杯子,举得高高的,仿佛在向壁炉上刻着的美人鱼石膏像敬酒。她顿住了,枪声响起,木框似乎哪里开裂了。也许是有只老鼠在石膏像后面拼命地乱跑?

"总是女人……"安东尼娅小姐点了点头,"我们这家的男人们啊。磨坊的露西,总穿粉白相间衣服的那个——你记得不?"

"埃伦的女儿,就是那个放羊的姑娘。"拉什利老太太补充道。

"还有裁缝家的女儿。"安东尼娅小姐喃喃自语,"休在他家买的马裤,就是右边那家小小的、暗沉沉的店铺……"

"过去那儿每年冬天都会被淹。他家儿子……"安东尼娅小姐轻笑了下,靠向她姐姐,"是负责清扫教堂的。"

突然轰隆一声,烟囱上掉下块大石板,把那根木头砸成两半。石膏碎末从壁炉保护罩上纷纷扬扬地飘落。

"掉了,"拉什利老太太咯咯笑起来,"掉了。"

"谁……"安东尼娅小姐看了看地毯上的碎末,问,"谁付修理费啊?"

她们像两个年老的婴儿般欢叫起来,无所顾忌,不计后果。她们穿过整间屋子,走向壁炉,在木灰和石膏碎末旁继续小口地抿着雪利酒①,直到各自杯底都只剩一点点紫红色的酒。两位老太太肩并肩地坐在一起,碎末在侧。她们似乎都意犹未尽,用手指拨弄着酒杯,不愿放下,但她们不再把杯子举到嘴边。

"米莉·马斯特斯正在准备茶点,"拉什利老太太开

---

① 雪利酒(sherry)也称"雪莉酒",是一种由产自西班牙南部安达卢西亚赫雷斯-德拉弗龙特拉的白葡萄所酿制的葡萄酒。

口道,"她是我们弟弟的……"

窗外下方传来尖锐的枪响声。它打破了雨帘。倾盆大雨,一直下啊,下啊,下啊,串成直线拍打着窗户。地毯上的光消逝了,她们眼中的光亮也湮灭了,她们坐在白色灰烬旁侧耳倾听。她们的眼睛像鹅卵石,从水中取出后最终变暗变干。她们各自紧握双手,就像死鸟的爪子,想抓住什么,但双手空空如也。她们看起来更瘦小了,好像衣服里的身体萎缩了一样。

随后,安东尼娅小姐举起杯子敬向那尊美人鱼石膏像。她饮尽最后一滴酒。"来了!"她用嘶哑的声音说,猛地放下杯子。楼下的一扇门"砰"地开了,接着另一扇,又是一扇,她能听到走廊里重重的脚步声,但步速不怎么快。

"近了!近了!"拉什利老太太咧嘴笑了,露出三颗黄黄的牙齿。

那扇异常高大的门被猛然打开。冲进来三只大猎犬,它们站定后还呼呼地喘着气。随后进来的人,没精打采的,穿着破旧的长靴,是乡绅本人。猎犬们都围住他,摇头晃脑的,使劲儿嗅他的口袋。它们一下子跳上前,因为它们闻到了肉的味道。长廊地板像是掀起风浪的森林,满是四处探寻的猎犬。它们嗅嗅桌子,抓抓桌布,一阵风呜咽袭来,它们发现并冲向在桌下正费劲啃剩骨的黄色西班牙小猎犬。

"滚开,滚开!"乡绅大叫。但他声音微弱,仿佛在对风咒骂。"滚,滚!"他叫喊着,现在则是在骂他的姐姐们。

安东尼娅小姐和拉什利老太太站起身。大猎犬们抓住了那只西班牙小猎犬。它们侵扰它,用大黄牙撕咬它。乡绅左右乱挥皮鞭,咒骂着猎犬,咒骂着他的姐妹们,声音看似很大,但很弱,没有威慑力。一鞭挥到地上的菊花瓶,另一鞭则挥到了拉什利老太太的脸上。老太太猛地趔趄,身体后倾,接着,她碰到了壁炉台,而她的手杖正好重重地打到了壁炉上方的盾牌上。她浑身沾满灰烬,拉什利家族的盾牌从墙上掉下来了,她被美人鱼石膏像压住了,被长矛压住了。

风拍打着窗玻璃,公园里枪声齐鸣,一棵树倒下。镶着银框的爱德华国王照片也摇摇晃晃,滑落、倾倒,也掉了下来。

车厢里的灰色雾气更重了,像一层面纱。四位乘客彼此间似乎相隔很远,但其实他们之间也就是三等车厢车座间的那点距离。这雾气带来的效应很奇特。那个在中部地区某站上车,优雅、年迈、穿衣考究但显寒酸的女人,人们似乎已经看不清她的身影了,她整个身体都变成了雾,好像只有她的眼睛在发亮、转动,只有眼睛是鲜活的。这双眼脱离了身体,能看透所有其他人看不透的事物。在一片雾气中,它们泛着光芒,四处移动,于是在这阴森森的气氛里——窗户模模糊糊,灯也镶着一圈圈光晕——这双眼像是翩翩起舞的光,人们说,它们像教堂墓地里浮在不安宁的死者坟墓上的鬼火,飘忽不定。很荒诞?一切只是幻象!不过,既然万物逝去之后都会留有些许残迹,而记忆却像是现实被埋葬后,闪现在脑海里的一束光,那么,为什么那双发着微光、不停转动的双眼,不能成为跃动在坟墓之上的一个家族、一个时代、一种文明的魂魄?

火车开始减速,灯一盏盏亮起,又晃了一下,再次亮起。火车进站了,灯光闪烁,角落里的那双眼睛呢?它们闭上了，或许是因为灯光太强烈了。当然，车站灯光如此耀眼，眼睛的光就显得很微弱了——她只是一个很平凡的年迈妇人，也许只是去伦敦做些很普通的小生意——某些与猫猫狗狗或马匹贩卖有关的生意。她站起身，从行李架上把手提箱和野鸡拿下来。但是她会不会，和之前一样，在打开车厢门时，口中喃喃"咳，咳"，然后走出去呢？

安友人 译

拉宾和拉宾诺娃

他们结婚了。婚礼进行曲悠然响起。白鸽扑着翅膀飞起,穿着伊顿公学短上衣的小男孩们冲他们撒米粒,一只猎狐梗①从前面晃过。厄内斯特·索伯恩带着他的新娘,穿过一小群好奇的观礼者,向婚车走去。这些人他全都不认识,在伦敦就是这样,总有人时刻准备围观他人的幸福或不幸。新郎自然是英俊无比的,新娘很害羞,更多的米粒抛向他们,婚车缓缓启动了。

那是星期二的事,现在星期六了。罗莎琳德还在努力适应成为厄内斯特·索伯恩太太这一现实。自己或许永远也无法习惯,她想,无论当谁的"厄内斯特太太"。她正坐在酒店凸窗旁,眺望着山脚下的湖,等她丈夫下楼吃早餐。厄内斯特这个名字很难接受,不是她会选的那种,她还是更喜

---

① 猎狐梗,一种传统的英国梗犬。

欢蒂莫西、安东尼,或者皮特这类名字。她的丈夫看起来也并不像一个"厄内斯特",这名字让人想起阿尔伯特纪念塔①、想起桃花心木的餐柜,以及亲王一家的钢质版画——简言之,就是她位于波切斯特的婆婆家餐厅里的一切。

现在他来了。谢天谢地,他完全不像一个名字会叫厄内斯特的人——一点也不。那他像什么呢?她瞥了眼他的侧面,嗯,正在吃烤面包片的他,很像只兔子。世界上绝不会有人觉得这鼻梁挺直、嘴唇紧绷、风度翩翩的结实的蓝眼睛青年,跟那种怯生生的小动物有任何相似之处,所以这想法才格外好玩。他吃东西时,鼻子会微微皱起,她的宠物兔也是如此。她坐着一动不动,注视着他抽动的鼻子。他发现了,她得解释一下为什么自己会看着他笑。

"因为你像只兔子,厄内斯特。"她说,"一只野兔。"她望着他,补充道,"一只会打猎的野兔,兔子王,给别的兔子立规矩的那种。"

---

① 阿尔伯特纪念塔,位于伦敦南肯辛顿,是维多利亚女王为怀念丈夫阿尔伯特亲王而建造的,1876年建成。

如果是那样的兔子，厄内斯特倒也没意见，而且既然她喜欢看他皱鼻子——他从来不知道自己吃东西时鼻子还会皱——他索性使劲地抽了起来。她笑个不停，他也笑了，女仆、渔夫，还有穿油腻黑外套的瑞士侍者都猜对了：这对夫妻很幸福。但这幸福能维持多久？他们在心中自问，也暗自根据自己的经历给出了答案。

午饭时分，坐在湖边的一片石南丛中，罗莎琳德举起一片配煮鸡蛋吃的生菜："来点生菜，兔子？"她又加上一句："快来，从我手里吃。"他探过身，小口啃着叶子，边啃边皱鼻子。

"好兔子，乖兔子。"她轻拍他的头，就像以前在家里拍她那只温顺的兔子一样。但这样叫总有点奇怪。不管他是什么，他也不是只温顺的兔子。她换成兔子的法语"拉平"来唤他。但不管他是什么，他也不是只法国兔子，他只是个波切斯特出生的英国青年，在拉格比学院[①]上学，

---

① 拉格比学院，英国历史上最悠久的贵族学校之一，1567年创立，位于英格兰西北部的华威郡。该学校还是橄榄球运动的发源地。

现在是一名女王的公务员。她又试了试"兔兔",不过这更糟。"兔兔"是圆滚滚的,软乎乎的,滑稽可爱,而他又瘦又硬朗又严肃。他的鼻子还在抽动。"拉宾!"她在心里忽然宣布,不由得小小地叫出了声,终于找到了最正确的那个词。

"拉宾、拉宾、国王拉宾。"她不断重复,太适合他了。他不是厄内斯特,他是国王拉宾。为什么?她也不知道。

两个人在漫长的散步中已经无话可说的时候——而且,像大家提醒过的,路上下起了雨;或在寒冷的夜里坐在壁炉边时——女仆和渔夫已经走了,侍者只有听到按铃才会过来——她都在幻想国王拉宾的部落故事。在她手下(她在做针线,他在读报纸),他们变得越来越真实、生动,非常有趣。厄内斯特放下报纸过来帮她。有黑兔子,有红兔子;有敌对部族,也有友好的;他们住在树林里,还有偏僻的大草原和沼泽地。最重要的是,那儿有国王拉宾,他可不是只有一个本领——他皱了皱鼻子———天天过去,他变成了很厉害的家伙,罗莎琳德每天都能在他身上找到新的优点,而且他是一个出色的猎手。

"说说看，"罗莎琳德问，这是蜜月的最后一天，"国王今天都做什么了？"

他们爬了一天山，她的脚后跟磨起泡了，当然她不是想说这个。

"今——天，"厄内斯特皱皱鼻子，他刚咬开一根雪茄，"他追了一只野兔。"他顿一顿，擦燃火柴，又抽了下鼻子。

"一只母兔子。"他补充。

"是白色的！"罗莎琳德欢呼，仿佛她一直在期待这个，"准确地说，它小小的、银灰色、眼睛又亮又大？"

"是的。"厄内斯特端详着她，她也正看着他，"一个小家伙，眼睛鼓出来，举着两只小前爪。"这正是她现在坐着的样子，缝补的衣物从手里垂下，她大而明亮的眼珠，自然是微微突起的。

"啊，拉宾诺娃。"罗莎琳德喃喃道。

"这是她的名字吗？"厄内斯特问，"真实的罗莎琳德？"他凝视着她，满怀爱意。

"对，这就是她的名字，"罗莎琳德说，"拉宾诺娃。"那晚就寝前，一切都安排好了。他是国王拉宾，她是女王拉宾诺娃。他们两人正好相反：他勇敢，意志坚定；她谨小慎微又善变。他统治着繁忙的兔子王国，她则拥有一片荒凉神秘的领地，她大多在月夜巡视她的领地。尽管如此，他们的国土接壤，他们是国王和女王。

蜜月归来，他们已经拥有了一个只属于两人的世界，里面全是野兔，还有一只是白色的。没人知道这个天地的存在，这让这个地方愈发有意思。他们比其他年轻的新婚夫妇更加深信，他们二人能携手对抗外面的一切。每当人们提到兔子、树林、陷阱和打猎，他们就会意地看向彼此；或是当玛丽姑妈说她决不能接受用野兔做菜时——因为那兔子看起来像个小宝宝——他们就隔着桌子，悄悄挤下眼睛。厄内斯特那个爱好运动的兄弟约翰给他们讲，今年秋天在威尔特郡，兔子卖到了多高的价钱，皮毛什么的，他们也是如此交换眼色的。有时，他们的故事里需要一个猎场看守人、一个偷猎者，或是一个庄园主，他们就兴致勃勃地在亲友里分配这些角色。比如说，厄内斯特的母亲，雷金纳德·索伯恩夫人，就是扮演庄园主的绝佳人选。但这些都是秘密进行的——这才是意义所在。除了他们自己，再没别人知道。

　　要不是有这个秘密世界相伴,罗莎琳德心想,她都不知道怎么熬过这个冬天。就像那次金婚庆典,所有索伯恩家的人都相聚在波切斯特,庆祝父母结婚五十周年。多美好的婚姻——不就是它带来了厄内斯特·索伯恩吗?他们硕果累累——它也带来了他的其他九个兄弟姐妹,其中很多也已婚,并且同样儿女成堆。她害怕这种聚会,但无法回避。走上楼梯的时候,她苦涩地发觉自己像是这大家庭中唯一的孤儿:明亮的客厅里,贴着散发光泽的缎纹壁纸,墙上挂着熠熠生辉的家族成员的肖像,她是满屋的索伯恩们中,单独外来的一滴。活着的索伯恩们和画里的祖先们长得很像,只是他们有活生生的嘴巴,不是画出来的。这些嘴里冒出许多笑话:关于教室,他们是如何把椅子从家庭女教师屁股底下抽掉;关于青蛙,他们把它放进女仆新换的床单中间。而她连一次"苹果派"①都没做过。她把

---

① 苹果派,此处指一种英国式铺床恶作剧,将床单半折起来,使想睡觉的人腿被兜住,伸不出去。

礼物握在手里，朝身穿华贵黄绸裙的婆婆，和别着金色康乃馨的公公走去。他们身旁的桌椅上堆满了金灿灿的贺礼，有的躺在雪白的棉花衬垫里，有的华丽地铺展开来，烛台、雪茄盒、表链，上面都打着金匠的标记，证明是足金的，纯度保证，真实可靠。她的礼物，只是一个带有很多孔眼的小仿金盒子；这是个旧沙罐，十八世纪的老古董，用来给纸上撒沙以吸干墨水。真是无用的礼物，她想，在现在这个有吸墨纸的年代。呈上礼物时，她眼前浮现出婆婆在他们订婚那天写给她的字条，粗短的黑色笔迹写着对她的祝福，"我儿子会令你幸福的"。不，她并不幸福，一点也不。她看向厄内斯特，他站得笔直，鼻子和那些祖先肖像上的鼻子一模一样，好似从不会皱起。

接着他们下楼吃饭。一盆卷曲着红色和黄色花瓣、拥成一簇簇紧凑大花球的菊花把她挡住了一半。到处都是金子，一张镶金边的卡片上用金色的花体大写列出今晚即将一道一道端上来的菜肴。她把勺子在面前一盘透亮的金色液体里蘸了蘸。屋外飘进的冷雾也被灯光染成了金黄色的网，模糊了盘子边缘，连菠萝们也披上了一层影影绰绰的金黄色外皮。眼前只有穿着雪白婚纱的自己,正鼓着眼睛凝视着她,像根不会融化的冰柱。

晚宴继续,房间里有些热气腾腾了。男人们的额头上冒出汗珠。她觉得自己的冰柱正在变成水。她在消融、在解体,溶解在一片空无里,很快无影无踪。她脑子里的思绪乱糟糟的,耳畔杂音阵阵,她听到一个女人在说:"但他们生得可真够多!"

索伯恩们——的确,他们生得可真够多,她在心里呼应道。眩晕中,桌旁一张张红通通的圆脸变成了重影,在笼罩他们的金色雾气里越放越大。"他们生得可真够多。"约翰大叫起来:

"那些小魔鬼!……拿枪对准它们!用你们的大皮靴踩它们!这是唯一对付它们的办法……那群兔子!"

这个词,这句咒语,一下子让她活了过来。透过桌上的菊花,她偷眼看到,厄内斯特正在皱鼻子。他的鼻子先是轻轻皱起,再接着连抽了好几下。就在这一瞬间,索伯恩家神奇地起了变化:金光闪闪的餐桌成了盛开着金雀花的荒野,嘈杂的谈论也仿佛百灵鸟的一串笑声从天空倾下。

澄蓝的天空，云朵悠悠滑过。他们也都变了，这些索伯恩们。她看着她公公，他不过是个鬼头鬼脑，还染了胡子的小老头，他爱好收藏——印章、珐琅盒子、十八世纪女人梳妆台上的各种小玩意（为了不让老婆看见，他把这部分藏在书房的抽屉里）。她现在能看清他的真实面貌了——他就是个偷猎者，他会在衣服口袋里塞满野鸡和山鹑，把它们带回自己冒着烟的小屋，贼兮兮地把它们丢进三足煮锅。这才是她真正的公公，一个偷猎者。还有西莉亚，索伯恩家还未出嫁的女儿，她总能嗅到别人的秘密，那些他们只想要藏起来的小东西——她是只粉红眼睛的雪貂，由于在地下讨嫌地钻钻找找，鼻尖上还顶着土。她会被兜进网兜，挂在男人肩膀上，然后抛下洞去——可悲的生活，西莉亚；这不是她的错。罗莎琳德也就此看清了西莉亚。罗莎琳德（现在是拉宾诺娃了）又看向婆婆——他们给她分配了大庄园主的角色。她满面红光，粗声大气，是个悍妇——她正起身向大家致谢，完全就是这个样子——但是罗莎琳德看透了她，看到在她的背后是凋敝的家族老屋，老屋墙皮脱落；罗莎琳德听到婆婆正带着几分哽咽，感谢她的子女们（他们都讨厌她），感谢这场行将结束的家庭聚会。桌上一阵沉默，接着众人纷纷起身，举起酒杯，一饮而尽。这样的场景终于结束了。

"哦，国王拉宾！"她叫道，他们正在夜雾弥漫中往家赶，"要不是你的鼻子在那会儿抽了一下，我就逃不出去了！"

"你现在安全了。"他握上她的小前爪。

"非常安全。"她回答。

他们的车穿过公园，他们——统治着沼泽、浓雾和满是金雀花香的荒原的国王和女王。

时光逝去，一年，两年。又是一个冬夜，和那次金婚聚会正是同一天。雷金纳德·索伯恩夫人已经过世了，老房子准备租出去，现在只有守门人住在里面。厄内斯特下班回来了。他们有一个可爱的小家，租在南肯辛顿一家马具店的楼上一层，离地铁站挺近。天很冷，飘着丝丝雾气，罗莎琳德坐在壁炉边缝东西。

"你猜今天怎么了？"他甫一坐下，刚把两腿向着炉火伸展开，她就开口说。"我越过小溪的时候——"

"什么小溪?"厄内斯特打断她。

"山脚的小溪啊,我们的树林和黑森林交界的地方。"她解释。

厄内斯特一片茫然。

"你到底在说什么?"他问。

"厄内斯特,亲爱的!"她愕然叫道。"国王拉宾。"她补充道,小小的前爪抬起放在胸口,但他的鼻子一动也不动。她的两手——现在它们变回手了——不由攥紧拿着的东西,眼珠快瞪出了一半。他花了至少五分钟,才从厄内斯特·索伯恩变身为国王拉宾。她在等待的时候,觉得颈后有什么越来越沉,好像有人要把她的脖子扭断一样。最后,他终于又变成国王拉宾了,他皱了皱鼻子。晚上,他们如往常一样在自己的树林里漫步。

但她睡得很糟。午夜时分她惊醒过来,觉得有什么奇怪的事情发生了。她又僵又冷,最后还是打开灯,去看身旁的厄内斯特。他睡得正酣,打着呼噜。可即便打呼噜的时候,他的鼻子也一动不动,就像它从来不可能皱起一样。会不会,他真的就是个"厄内斯特",而她真的就嫁给了一个"厄内斯特"呢?婆婆家的餐厅出现在她眼前:她和厄内斯特就坐在那儿,慢慢变老,坐在那些版画底下,坐在餐柜前……这是他们的结婚纪念日。她受不了了。

"拉宾,国王拉宾!"她低声呼唤。有一瞬间,他的鼻子似乎自动地抽了一下,但他还睡着。"醒醒,拉宾,快醒醒!"她叫起来。

厄内斯特醒过来,只见她直直地坐在旁边。他问:"怎么啦?"

"我的兔子死了!"她啜泣着。厄内斯特恼火起来。

"别说这些废话了,罗莎琳德。"他说,"躺下睡觉。"

他翻了个身,一下子又睡熟了,打起呼噜。

她睡不着。她在床上自己那半边蜷起手脚,像只野兔。她熄了灯,但街灯还是能微微照亮天花板。窗外的树影在天花板上连成一片,起伏着,屋子仿佛一座影子的树林。她在其中徜徉、转向、拧身、出出进进,一圈又一圈,捕猎,被追赶,耳边传来猎犬的吠叫和声声号角;飞起来了,逃脱了……直到女仆进来拉开窗帘,给他们端来早茶。

第二天,她什么也没心思干,她觉得有些东西丢了。

她整个身体都在萎缩,变小,又黑又干,关节也是僵的。她在屋里转来转去,不时看一眼镜子,发现自己的眼珠凸得快要从脸上掉下去了,就像小面包上的葡萄干。房间也好似在缩小,大件的家具纷纷以奇怪的角度伸长了,她不由在其中磕磕绊绊起来。最后她戴上帽子,出门去了。她沿克伦威尔路走着,觑向两旁,她经过的每一个房间的窗口里,都是一家人围坐在餐厅吃饭,他们的头顶是钢质版画和厚重的黄色蕾丝窗帘,旁边是桃花心木的餐柜。她终于走到了自然历史博物馆,这是她小时候很喜欢的地方。可是一进门,第一个涌入眼帘的,就是一只填充的野兔标本。它有一双粉红色的玻璃般的眼睛,站在人工的雪地上。她浑身战栗起来,或许到傍晚会好些。她返回家里,坐在炉火旁,没有开灯。她努力想象,自己此刻正独自在荒野中,一条小溪从她身旁淌过,溪流那边是黑森林,但她越不过小溪,只能在河岸湿漉漉的草地蹲下来——她蜷曲在她的椅子里,两手虚抓着什么似的捧在胸前,眼神呆滞。火光里,她的眼睛就像两颗玻璃球。一声脆裂的枪响……她猛地一抖,觉得自己被打中了。其实是厄内斯特,是他的钥匙在锁孔里转动的声音。她颤抖地等待着。他走进屋，打开灯。站在那儿，高高的、英俊的青年，正摩擦着他冻得通红的双手。

"怎么不开灯？"他问。

"哦，厄内斯特，厄内斯特！"她哭道，从椅子里站起身。

"呃，又怎么了？"他轻快地说，把手伸到炉火前。

"是拉宾诺娃……"她声音发颤，眼睛因惊恐大睁着，目光狂乱地盯着他。"她死了，厄内斯特。我失去她了！"

厄内斯特皱起眉头。嘴唇紧闭。"哦，就是这事吗？"他冷淡地朝妻子笑笑。足足十秒钟，他只沉默地站在那儿。她等着，觉得脖子后面的那双手掐得越来越紧了。

"是的，"他终于开口，"可怜的拉宾诺娃……"他对着壁炉上方的镜子正了正领带。

"她掉到陷阱里了，"他说，"然后就死了。"之后他坐下来，开始读报纸。

这就是这段婚姻的结尾。

钟姗 译

宝物

　　半圆形的广阔沙滩上，只有一个小黑点在移动。海岸上歪靠着一艘捕沙丁鱼的船，黑点朝它的龙骨和条条拱肋靠近。透过淡弱的黑影，可以看出有四条腿在移动。渐渐便能判断，那是两个年轻男人。虽只是沙滩上的模糊轮廓，但里面含着一种冲力：在肢体左摇右晃的动作中，有一小股说不出的勃勃生机，远处这两个看不清嘴的小人儿，似乎正在激烈地争辩。再走近些，右边那位手中不断戳向前的手杖印证了这点。"你是想说……你居然以为……"他的手杖沿着海边，在沙面上划下了几道长长的印迹，仿佛坚决地宣称着什么。

　　"政治都是瞎扯！"左手边那位忽然清楚地说道。这句话一出，两个年轻人的样貌也蓦地清晰了起来：嘴、鼻子、下巴、唇上的胡须，粗花呢帽、硬硬的靴子、狩猎装、格子花纹的长袜。他们嘴里的烟斗喷出的烟袅袅上升，在绵延几英里的海面和沙丘上，再没有什么比这两人的身影更鲜活、更实在的了，他们结结实实、红光满面，胡子拉碴，充满阳刚之气。

他们在黑色的沙丁鱼渔船那六条拱肋和龙骨旁蹲了下来。你知道的，当人们想摆脱争论、为自己之前的情绪化道歉时的那种肢体语言：不经意地蹲下，随便顺手做点什么，什么都好。于是，把手杖在海边挥了半英里的查尔斯，开始捡平滑的石头打水漂玩；而说"政治都是瞎扯"的约翰则把自己的手指使劲往沙里钻，手越钻越深，沙子埋到了手腕，他把袖子往上推了一点。他眼里的紧绷感消失了，或者说那种思想和经验带给成年人的、目光中深不见底的洞察消失了，只留下清澈透明的浅浅一层，闪动着好奇，像小孩子的眼神。不用说，是因为这挖沙子的游戏。他想起小时候，指尖陷进被水浸湿的软沙，挖出的弯洞可以是护城河、是一口井、一个泉眼、一条通向大海的密道。他边考虑把它弄成什么样子，边继续在渗出的水里向前挖着。忽然，他的手指碰到一个坚硬的东西———一块完整的实体——他慢慢拽出这形状不规则的东西，把它从洞里拿上来。把外面裹的沙子冲去后，露出了它原本的颜色——绿色，是块玻璃，质地厚重，不甚透明，海水的冲刷已经磨去了它所有的边缘和棱角，看不出它原本是个玻璃瓶、玻璃杯，还是扇窗户。它现在只是一块玻璃，看上去像块宝石。只要给它镶上金框，或是穿上根绳带，它就是一件首饰了，缀在项链上，或者化作手指上一抹暗绿色的光。说不定它真是枚珠宝。也许一位黑人公主曾乘船横渡孟加拉湾，她坐在船尾，边听着划船的奴隶们的歌声，边把戴戒指的手浸在水里，拖曳出长长的水纹；也可能是沉没的伊丽莎白时代的宝箱，箱子的橡木侧边终于被泡烂，里面的翡翠漂来荡去，终于来到了这处海边。约翰在手里把玩着它，拿起来对着太阳看。他把它举在眼前，用它不规则的形状挡住他朋友的身子和伸出的右臂。对着天空时，那绿色稍微浅点，对着人时，颜色又会变深。它让他欣喜，把他迷住了。与这无垠的海面和薄雾缭绕的海滩相比，它是如此坚实、有质感，如此确切。

一声叹息把他从迷思中叫醒——深深的、终结意味的叹气，他这才发现，他的朋友查尔斯已经把手边所有能找到的石头都扔完了,然后他终于觉得,扔这些根本一点意思也没有。他们并肩而坐,吃了带来的三明治。午餐后,他们拍拍身上的碎屑,准备起身。这时,约翰掏出那块玻璃,默默地盯着它看。查尔斯也瞥了一眼,他的第一反应就是它不是平的。他装好烟斗,仿佛要击退自己心中这股愚蠢的冲动,他努力说道:

"回到我刚才说的那点——"

他没看到,或者看到了也不会去留意,约翰略带犹豫地注视了这块玻璃一会儿之后,还是把它滑进了口袋。这跟小孩子在路上从四散的鹅卵石里挑中一块带回家是一样的心情:跟它保证,他会一生保护它,让它在舒适的壁炉台上尽享温暖。他为自己的力量和善心而开怀,并且他相信,石头看到自己被从万千同胞中选出,也会激动得心"怦怦"直跳呢,它从此就可以过上天堂般的好日子了,再不用待在又湿又冷的马路上了。"本来完全可以是别的石头获此好运,但这回是我,是我,是我!"

不论约翰心里到底是否是这样想的,这块玻璃确实已经被放上了他家的壁炉台,沉沉地压在一沓账单和信件上。

宝物

它是一块很棒的镇纸,每当这个年轻人的目光从书上游移开,总是会自然而然地停驻在它上面。他边思索着别的事情,边下意识地看着它。任何物体,一旦凝结了如此深重的思绪,都会在我们眼中改变它本来的模样:它的形状变得越发完美起来,让人不得不时时记起。约翰发现,在街上走时,他开始爱看古玩店的橱窗了,因为里面有些东西会让他想起那块玻璃。这些东西任何材质的都有,只要大概是那么个样子,半圆不圆,内里似乎隐没着一丛正在熄灭的火焰——瓷片、玻璃、琥珀、石头、大理石——什么都可以,甚至一枚光滑的、椭圆形的史前鸟蛋都能令他想起那块玻璃。他还变得走路时喜欢用眼睛盯着地面了,尤其是在附近的垃圾场,各种生活垃圾都被扔在那儿。那里常会出现他想找的东西——被遗弃、对谁都不再有用、说不清是什么形状,被随手抛掉的东西。几个月的时间,他已经捡了四五块东西回来,他把它们都放在壁炉台上。它们对他这个有一份体面职业、正在竞选议员的人来说是有用的:他有很多文书需要分门别类地镇着,参选演讲稿、施政纲领、募捐信函、宴会请柬等等。

一天,他从位于圣殿区①的家中出发,赶火车去给选民们做一场演说。他的目光忽然落在了一片环绕在众多法学院和事务所大楼底座旁的草坪带上。草里半掩着一个在他眼里很显眼的东西。他只能隔着栏杆,用手杖的尖头碰到它。不过他已经看出那是一片形状极其独特的瓷片了,它就像一只海星——有五个不规则但确凿无疑的尖角,不知是有意烧制成的,还是恰好摔成了这样。它大体是蓝色的,有绿色的斑纹覆盖其上,几道深红色的线条更给它平添出几分极诱人的绚丽光彩。约翰决心要得到它。可他越用力去够,却把它推得越远了。最后,他不得不跑回家,给手杖头绑上一个绳圈,凭着莫大的耐心和技巧,他终于把它拨到了手够得着的地方。一把抓住它时,约翰发出一声胜利的欢呼。这时,钟响了。他无论如何也不可能赶上火车了,只得错过这次集会。但是这片瓷片怎么能天然摔出这个形状?他仔细观察过了,这星形的确是意外生成的,

---

① 圣殿区,伦敦中心、圣殿教堂附近的区域,自古就是著名的法律中心,英国四大律师学院中的两个(内殿律师学院和中殿律师学院)均位于此。

这让它更加特别，恐怕在地球上再找不出第二个了。它和那块从沙里挖出来的玻璃就居于壁炉台的两端，可它看起来好像来自另一个世界——一个戏剧丑角癫狂奇异的世界。它似乎曾在太空自转，像一颗真正的星星一样一闪一闪地发光。瓷片生动亮眼，玻璃缄默深沉，两者间巨大的反差把他完全吸引住了。他越想越惊奇，百思不解，他不禁问自己，这两样东西怎么可能存在于同一个世界呢？更别说还被放在同一个房间里、同一条窄窄的大理石台面上。这疑问始终没有得到解答。

他开始在有碎瓷片的地方流连，像是铁道线路之间的垃圾场、正在拆掉的房子、伦敦郊区的公共绿地。但人们很少把瓷器从高处丢下来，这是最少见的人类举动之一了。你得碰巧遇上一栋很高的楼，一个异常鲁莽、激愤的女人才会不管不顾地把她的瓷罐或茶壶直接从窗口甩出去，不去想楼下是否有人经过。即便能找到不少破碎的瓷片，它们大多也都是因为家常琐事被摔坏的，缺乏用心和个性。尽管如此，他还是经常被震撼到，并不由得在之前那个问题里陷得更深：仅在伦敦一处，就能碰到这么多各式各样的形状，还有不同的质地和纹样，这如何不让人惊叹思索。他会把其中最美的带回家，放在壁炉台上，不过这些东西现在更多只是摆设了：需要它们作为镇纸压住的文件变得越来越少。

他疏于处理竞选工作，心不在焉地任机会从中溜掉，也怠慢了他的选民：他们来他家拜访时，对他壁炉台上的装饰留下了很不好的印象。他们绝不会选他做自己在议会里的代表了。他的朋友查尔斯听闻消息后，大为担心，匆匆赶来安慰他，却发现他一副若无其事的样子。查尔斯只得猜测，恐怕是这打击实在太严重，约翰一时还没有缓过神来。

事实上，约翰那天去了趟巴恩斯公共区，在一簇荆豆丛下找到了一块不寻常的铁块。它几乎和那块玻璃是一个样子的，球状的一团，但重得多，冰凉黝黑，泛着金属的光，俨然是位天外来客。它或许来自某颗已坠落的星球，可能它本身就是哪个卫星遗落的碎片。它在他口袋里坠得沉甸甸的，它把整个壁炉架都坠得沉甸甸的，它向外散射着寒意。这块陨石，现在也与那块玻璃和星状瓷片待在了同一个台面上了。

挨个凝视这些收藏,约翰心中强烈地渴望能找到更多超越它们的东西。他愈加坚定不移地投入到了搜寻中。要不是有野心支撑,要不是坚信总有一天一个新发现的垃圾堆能让他得偿所愿,他所遭受的失望已经足够令他放弃了,更何况他还要忍受身体的劳累和旁人的嘲笑。他背着一个背包,手握着装了钩子的长杆,他在彻底地搜查着地面上的所有遗弃物。在盘结缠绕的灌木丛根部摸索,在每条小巷和墙与墙之间的夹缝找寻,凭经验他知道那里很可能有他要找的东西。他的标准越抬越高,口味也愈发挑剔,失望的次数数不胜数。但总会有希望的微光,总会不时出现一片形状花样新奇的瓷片或玻璃,诱惑着他继续下去。一天又一天,他不再是个年轻人了。他的事业——从政的事业——早已是过眼云烟。没人再来拜访他,也没人请他去赴宴,因为他在席间连一声都不吭。他从没跟别人说起过他心中这份真正的热情——从他们的言行能看出来他们根本不会明白。

此刻,他正仰靠在椅子上,看着查尔斯拿起一块块壁炉台上的东西，又随着强调自己对政府管理的某句评论而放下，他丝毫没注意到它们的存在。

"到底是怎么回事，约翰？"查尔斯猛地转身，面向他的朋友。"你为什么忽然就把一切全放弃了？"

"我没有放弃。"约翰回道。

"但你现在一点机会也没有了。"查尔斯不客气地说。

"关于这点，我不敢苟同。"约翰坚定地回答。查尔斯盯着他，忽然觉得十分不安。查尔斯心中的疑虑无限放大，他奇怪地感觉到，他们现在是在说不同的事情。他打量了一下四周，想化解自己强烈的沮丧感，但乱糟糟的房间只让他更加泄气。这长杆，还有墙上挂的旧毛毡包是干什么用的？还有那些石块？他又看回约翰，约翰的表情里，有种执迷和缥缈的东西。他顿时醒悟，他明白自己压根就不该出现在这座公寓里。

"这些石头挺漂亮的啊。"他尽量做出愉快的样子，然后说他还跟其他人有约，转身离开了约翰——永远。

钟姗 译

镜中女士

人们不该让镜子就那么静静地悬挂在房间,就像绝不该把空白支票簿或写下了自己不堪罪行的坦白信摊开放着一样。那个夏天的午后,我一直不由自主地望向在前厅挂着的长镜。我陷坐在客厅的沙发,角度时机都恰好,不仅可以从那面意大利式样的镜子里看到对面大理石的桌台,还能纵深去看门外的花园。一条长长的草径在两旁茂盛的花丛中蜿蜒前行,直到被金制镜框的斜角截断。

屋里没有别人,我一个人坐在客厅,感觉自己像是顶着草叶、趴在树林里的博物学家,在暗中观察着那些最易害羞的动物——獾、水獭、翠鸟,它们轻松地走来走去,浑然不觉。那个下午的房间,也是如此,充满了一些羞怯的生灵。光与影、撩动的窗帘、坠落的花瓣——凝神去看,又似乎什么都没发生。这静谧的老式乡村住宅,铺着地毯,有石质的壁炉架、嵌入式书橱,还有红色和金色描画的漆柜。房间里到处都是那些看不见的存在。它们盘旋着舞过地板，像鹤一样脚提得高高的，迈着轻盈的步子，尾巴摆动，喙四下点啄着；又仿佛是一群褪去了周身粉红的优雅的火烈鸟，或是一群尾翼镀成银色的孔雀。空中有隐隐的光彩在浮动，好似一只墨鱼猛地把空气喷成了紫色。房间满载着自己的喜怒、嫉妒和悲伤，被情绪笼罩，就像人类一样。屋里的每一个瞬息都在变化。

然而，在外厅，那面镜子如此清晰地映照着桌子、太阳花和花园小径，一切一动不动，无可逃脱地被固定在现实的框架中。诡异的对比——这里一直在变，那里永远凝固。我忍不住在两边来回眺望。天很热，门窗都开着，屋里持续着一种叹息声，安静、流动，又停止，一来一去，宛如一个人的呼吸。可是在镜中的世界，没有呼吸，万物都停在永恒的寂静里。

半小时前，房子的主人伊莎贝拉·泰森穿着薄薄的夏裙，挎了一只篮子，走上那条绿草小径，渐渐地她走出镜子的视野，走出镜子的镀金框外。她应该是去花园的深处摘花了，她似乎是想摘些那种轻巧奇特、藤叶弯弯的花朵，像老人须①,或是沿着粗笨砖墙边错落盛开的牵牛花,这里、那里,冒出星星白色和紫色的花朵。跟竖直的紫菀、硬挺的百日草,或是她自己种的、在笔挺枝干上如一盏盏艳红小灯般的玫瑰相比,她更喜欢开成一片、微微摇颤的牵牛花。这种反差表明,尽管过了这么些年,我依然不了解她:我总以为一个活到五六十岁的妇人,绝不会真的还爱小花小草做的花环和柔软的藤蔓。这种误解比全然乱猜或是只看到表面更糟——它甚至很残忍,它本身就像牵牛花一样,在眼中所见与真实现实之间颤然摇摆。必然有某种真实存在、有某堵确凿的墙。然而奇怪的是,相识虽久,可是关于伊莎贝拉,我说不出哪一面才是真正的她。就像刚刚的牵牛花和老人须,我还是会猜错。说到事实,我知道她一直未嫁,知道她很富有,知道她买下了这栋房子,还亲自从世界上各个偏远角落,冒着被毒虫叮咬和染上疾病的巨大风险,搜集到了屋里那些地毯、椅子和漆柜——它们正神秘地沉睡在我面前。有时我甚至觉得,我们这些在其上

---

① 老人须,即葡萄叶铁线莲,一种攀缘植物。

坐卧、写字,小心地在其上踏足的人,还不如它们,有时候它们看上去比我们更了解她的生活。每一只漆柜上都有很多小抽屉,里面装着信,打着蝴蝶结束成一沓,上面撒着薰衣草和玫瑰叶。这又是一个事实——如果你只想知道事实的话——伊莎贝拉认识很多人,交游广阔。假如你敢大胆地拉开抽屉,去读她收到的那些信,你会发现其中有很多感情的痕迹:为即将到来的会面雀跃,对她未能赴约的怨怪;诉说着缱绻爱慕的长信,情绪激动的嫉妒和谴责,以及最后言辞伤人的诀别。尽管所有这些约会相谈都未能修成正果——她并没结过婚——但从她那戴了面具般总是不动声色的平静表情来看,她比那些一次交往就以婚姻公开昭告天下的人,起码多体会过二十倍的激情和爱恋。凝神想着伊莎贝拉,房子变得更加晦暗,更不像真实的存在,墙角黑沉沉的,桌椅的四脚好像纤细的象形文字。

忽然,眼前的映像猛地消失了——连声息都没有了。一团黑色的庞然大物赫然闯入镜中,挡住了一切,它往桌上撒下一把带大理石纹的、粉色和灰色的薄片,随即转身离开。整个画面完全被破坏了,它在这一刻变得凌乱不清、莫名其妙，让人找不着焦点。那些薄片没有任何意义，之后，慢慢地，某种逻辑才开始逐渐显现，我开始用日常经验把它们整理、归类。它们其实只是信而已。那个男人是来送信的。

那些信散落在大理石台面上，满含着最初的光线和色彩，鲜活地凸显在画面中。可是很快，它们开始被吸了进去，隐没、融合，变成镜中映像的一部分，同时也被赋予了镜中世界特有的那份沉静和不朽。这感觉奇怪极了。这时的它们，仿佛承载了新的内容、新的意义，分量都变得沉重，好像嵌进了桌面，需要用凿子才能把它们撬起。或许只是幻觉，但它们的确看起来不再像一叠普通的信，而化身为镌刻了箴言的石碑——读到它们，你就会知晓所有关于伊莎贝拉的秘密，是的，关于生活的秘密，用粗大的线条，深深地刻画在这些大理石纹样的信封装着的信纸上。等伊莎贝拉走进屋，逐封缓缓拿起它们，打开，一字一句地仔细读后，她会长叹一声，了悟一切的叹息，因为她心底早已清楚所有事情。她会把信封撕碎，把信和以前的那些扎在一起，坚定地锁上抽屉，锁住这些她不愿为人所知的过往。

　　这种想象相当挑动人心。伊莎贝拉不愿为人所知的过往——但她不应再逃避下去。这很奇怪，也有些扭曲。如果她要把那么多东西都独自埋在心里，我只好用手头第一个冒出来的工具——想象——来撬开她。此刻，要在她身上全神贯注，把她抓牢，不再像以前那样被那些会面时或宴席间礼貌客套的言谈敷衍，被她淡然的回避挡住；必须做到对她感同身受，双脚当真踏进她的鞋里。说到这，其实她的鞋子就在眼前。她正穿着它们，站在花园的低地。它们是又窄又长的式样，非常时尚，由最柔软有韧性的皮革制成。跟她身上所有穿戴一样，她的鞋子也很考究、精细。她站在花园低地的树篱旁，拿起挂在腰间的剪刀，修去一些枯花和过密的枝条。阳光正落在她的脸上，照进她的眼睛里；哦，不，在这关键时刻，一朵云飘来，遮住了太阳，模糊了她的眼神——是嘲弄，还是温柔？是智慧，还是漠然？我只能隐约看见她脸庞的轮廓，她正仰起脸看向太阳，尽管容色已减，但依然秀美。她是否在想，该去给草莓买个新网架了，该给约翰逊的遗孀送些花过去了，也该开车去拜访一下希普斯利家的新居了。她在餐桌上说的总是这些,但我已经不想再听。我渴望捕捉并表达出来的,是她身上更深入的部分,那在精神世界就像呼吸之于肉体一样重要的部分——她真正的喜或悲。如前所述,她自然是快乐的。她很有钱、很出众,她有许多朋友,她到处旅行——在土耳其买地毯,在波斯买蓝色的陶罐。幸福之路就在她脚下,从她此时站立的地方向四面八方延伸。她举起剪刀,正要去剪断手里颤动的枝条,带花边的云絮在她脸上笼下暗影。

剪刀轻快一抖,一串老人须落到了地上。随着它的掉落,几缕光线渗透过来,她的身影更真切了。她满是柔情又惋惜的样子……剪去这多余的藤蔓让她难过,它本应活泼地生长着,而生命在她眼中,总是宝贵的。同时,藤蔓被剪落的瞬间也在提醒着她,她自己的凋亡。万物虚无,转瞬即逝。然而她良好的理智立刻把消极的思绪拉回,她知道,她的一生已经够幸运了。即便就此倒下,她也将安睡在泥土之上,让此身化为甜蜜的养分,供给围绕四周的紫罗兰。她沉思静立,什么也没有明白地表现出来——

她是那种含蓄寡言的人,心里的想法总是藏在无声的云朵中——但她是满怀心事的。她的头脑就像她的房间,光线倏忽照进,又轻巧淡出,旋转着,轻巧地走过,进退自如;紧接着,她整个人也像那房间一样,被一股千头万绪的云雾填满,可能是某种无法说出口的悔意。再后来,她的脑中就如同装满了信的抽屉,被紧紧锁住,里面藏着信。"撬开她",说得好似她是一只牡蛎。必须得找到最精美、最敏感、最轻柔的工具,否则都将是对她的亵渎和不敬。只能靠想象——她在那镜子里。我的想象就是由此而起的。

之前,她离得太远,看不清楚。现在她渐渐走近,不时逗留,在这儿扶正一株玫瑰,又从那儿摘一朵石竹花嗅嗅。但她的脚步没有停下,镜子里的她逐渐放大,我越来越明确她就是那个我试着钻入其脑中探寻的人。确认是逐渐完成的——一一吻合了我适才在她身上的所见。灰绿色的裙子,窄长的鞋,她的篮子,颈上还有东西闪闪发光。她的步子迈得非常平稳,一点也没有打乱那个镜中世界的节奏,只是带来了些新的什么,在轻轻移动、改变着周围的其他,礼貌地请求它们为她的不断行进腾出地方来。在镜子里沉默等待的信、桌子、草间小径,还有太阳花纷纷瓦解,敞开来好让她通过。终于,她回到大厅里了,彻底停住脚步。她站在桌旁,纹丝不动。忽然,镜子里涌泄出一片光,直罩在她身上,仿佛要把她固定在那。就像某种酸液,溶掉了所有表层的装饰,只留下最本质的真实。这是让人目不转睛的一幕。她身上附着的一切都脱落了——云雾、裙子、篮子、钻石,以及那些应称之为爬墙虎和牵牛花的东西。这才是底下那堵坚硬、确凿的墙,这才是这个女人本身。她赤裸着,站在那道无情的光里。而她其实什么也没有。伊莎贝拉完全是个空壳,她没有心事,也没有朋友,她谁也不牵挂。至于那些信,它们只是账单。她站在那儿,又瘦又老,手臂上爆出青筋,脸上满是皱纹,高高的鼻子、皱起的脖颈。瞧,她都懒得拆开它们。

人们绝不该让镜子就那么挂在房间。

钟姗 译

公爵夫人和珠宝商

奥利弗·培根住在一幢能俯瞰格林公园①的楼房顶楼。他这间公寓里：椅子——全皮的椅子，以最佳的角度居高临下；沙发——盖着花毯的沙发，栖身于窗户边的突出空间；窗户——三扇长窗，饰以浓淡相宜的朴素纱网和花缎帘子；红木餐具柜并不显眼，却放满了该有的白兰地、威士忌和甜酒。他从中间那扇窗子向下俯视，皮卡迪利②狭窄的街道里塞满了时髦的汽车，汽车顶闪闪发光。这是市里最中心的位置。早晨8点，他的早餐会由一个男仆用托盘送进房间，男仆会摊开他在早晨所穿的猩红色晨衣；他会用长指甲划开信封，取出厚厚的白色请柬，请柬上的名

---

① 格林公园（Green Park），英国伦敦的一座皇家园林，北临皮卡迪利大街。
② 皮卡迪利（Piccadilly），伦敦市中心的一条著名的街道。这条街从海德公园通向一个著名的广场，即"皮卡迪利广场"。

头上至公爵夫人、伯爵夫人、子爵夫人,下至其他贵族女士。然后他会梳洗,他会吃吐司,他会在电煤灯①的灯光下读报。

"看呀,奥利弗,"他会这么对自己说,"你,一个从破烂小巷里出来的,一个……"接着他会看看自己的腿,在裁剪完美的裤子下显得那么匀称;再看看靴子,再看看鞋罩;一切都那么有质感,熠熠发光,皆由萨维尔街②最好的裁缝用最好的布料裁制而成。但是他经常回归自己的内心,重又变回那个黢黑小巷里的小男孩。他曾经最远大的抱负不过是——把偷来的狗卖给白教堂③赶时髦的女人。有一次他被人骗了。"噢,奥利弗,"他妈妈哀号道,"噢,奥利弗!你什么时候才能学聪明点,我的儿子!"……之后他去站过柜台,卖过廉价手表,再之后他偷到一个钱包去了阿姆斯特丹……想到这儿他会笑出声——老奥利弗在回想着小奥利弗。是的,他把那三颗钻石处理得很好,还

---

① 电煤灯,一种用电圈加热让木炭或煤块高温燃烧的炉灯。
② 萨维尔街(Savile Row),位于伦敦中心位置的上流住宅区里的购物街,以传统的男士定制服装而闻名。"定制"一词就起源于萨维尔街,意思是为个别客户量身裁剪。这一条短短的街被誉为"量身定制的黄金地段"。
③ 白教堂(Whitechapel),是伦敦东区塔村区的一个区域。

有那次绿宝石任务。在那之后他搬入了哈顿公园店铺最里面的私人房间,放着天平、保险箱和厚厚放大镜的那间房间。然后……再然后……他笑了。夏日炎热的傍晚,珠宝商集会交流价格、金矿和钻石的行情,以及南非的情报。当他经过人群时,总会有人指扶鼻翼,低声哼着,"嗯……"。不过是轻声的哼哼,不过是轻碰肩膀的示意,不过是扶着鼻子的掩饰,不过是哈顿公园炎热的下午珠宝商间的一阵骚动——嗯,多少年前了呀!但是奥利弗仍能感觉到那轻声的哼哼沿着脊椎顺流而下,那碰肩,那哼哼,仿佛在说,"看他——年轻的奥利弗,年轻的珠宝商——他走过去了。"他那时的确年轻,之后他穿得越来越好,先买了辆双轮马车,又买了辆汽车。他先是坐进了剧院楼上的特等包厢,接着坐到了底下正厅的前排。他在里士满有一处河边别墅,别墅周围栽满了红玫瑰;曾有位小姐每天清晨摘取一朵,插在他的扣眼中。

"好吧,"奥利弗·培根说着,站起身,伸伸腿,"好吧……"

他站在壁炉上方一张老妇人的相片前,举起手。"我遵守了诺言。"他说,将两手贴合,掌心对掌心,仿佛在向她行礼。"我赢了。"的确是这样,他成了英格兰最富有的珠宝商;但他那象鼻一般长而灵活的鼻子仿佛在借由鼻孔奇特的抽动(看起来似乎整个鼻子都在抽动,不只是鼻孔)说明他还并不满足;他仍能嗅出地下不远处的宝藏。想象一下,一头大肥猪生活在一片长满松露①的草原上,拱出了一棵又一棵松露,却仍嗅着地下不远处更大更黑的松露。奥利弗在伦敦上流社会这片肥沃的土壤中就总能嗅着一棵松露,以及远处一棵更大更黑的松露。

他理了理领带上的珍珠,套上时髦的蓝色大衣,拿上黄色手套和手杖,晃晃悠悠地下了台阶,他那长而尖的鼻子一边吸嗅着一边哼哼着,就这样他走进了皮卡迪利大街。他难道不是一个可悲的人吗?一个永远不满足的人,一个永远在寻觅宝藏的人,虽然他已经赢了。

---

① 松露是一种蕈类,和蘑菇、灵芝一样都是真菌,生长在地下。传统上是利用猪或犬的灵敏嗅觉来寻找及挖掘松露。特别是母猪对松露的气味极其敏感,是天生的松露猎人,因为松露的气味与诱发母猪性冲动的雄甾烯醇类似。不过也由于母猪非常喜欢松露,所以常直接将找到的松露吃下,不易为采集人所控制。

公爵夫人和珠宝商

他走路时有些摇晃,就像动物园里的骆驼;动物园里的骆驼,在走过挤满杂货商夫妇的沥青路时,也那样左右摇晃,因为那些杂货商夫妇从纸袋里拿东西出来吃时,会随手把锡箔纸屑扔到路上。骆驼瞧不起杂货商,骆驼对自己的命运感到不满,骆驼向往的是前方碧蓝的湖泊和湖边成排的棕榈树。所以这位了不起的珠宝商,全世界最了不起的珠宝商,衣着高雅,戴着手套,拿着手杖,晃晃悠悠地走下皮卡迪利大街时,却依旧心怀不满。怀着此种心情,他步入了那间又暗又小的店铺,那间在法国、德国、奥地利、意大利和全美都闻名的店铺——邦德街①拐角小巷里那间又暗又小的店铺。

如往常一样,他大步地穿过店铺,没有说一句话,虽然店里的四人,年长的马歇尔和斯潘塞以及年轻的哈蒙德和威克斯,都站直了身,看着他。他们都嫉妒他。他只是竖起一根戴着琥珀色手套的手指,并挥动了一下,以表明

---

① 邦德街(Bond Street),伦敦西区一条主要商业街,从南北方向穿过伦敦上流住宅区,位于牛津街和皮卡迪利之间。自18世纪以来,邦德街就一直是一条繁荣的商业街,现开有许多高档时装店。

他看见他们了,随后便走进他的私人房间,关上了门。

他打开窗户的格栅,邦德街的吵闹声夹杂着远处的交通工具的噪声涌了进来。光线经店铺后面的反光镜向上反射。因为是六月,树上有六片叶子在风中摇摆。但是从前那个小姐已嫁给当地啤酒厂的佩德先生——现在再没有人会在他的扣眼里插上玫瑰了。

"好吧,"他半是叹息,半是哼哼,"好吧……"

他按下墙上的弹簧,墙板慢慢滑下,里面装着五个,哦不,六个亮闪闪的钢制保险箱。他转动钥匙,打开一个保险箱,再打开另一个。每个箱子内都铺着深红色的丝绒垫,每一个里面都陈放着各种珠宝——手镯、项链、戒指、冕状头饰、公爵冠冕;贝壳形玻璃容器里装着碎宝石,红宝石、绿宝石、珍珠、钻石。它们都很安全,都闪耀着光芒,冷冽的光芒;却又因蕴藏的光芒燃烧,永恒地燃烧。

"泪珠!"奥利弗注视着珍珠说。

"心之血!"他注视着红宝石说。

"火药!"他继续说着,手里摆弄的那些钻石咔咔直响,光芒四射。

"这些火药足以炸得伦敦上流社会——飞上天,飞上天,飞上天!"说着他头往后一仰,嘴里发出马嘶一般的声音。

这时,他桌上的电话嗡嗡地响了起来,仿佛在讨好谁似的。他关上保险箱。

"十分钟后,"他说,"不能提前。"于是他在书桌前坐下,看了看袖扣上镌刻的罗马皇帝头像。他又一次回到自己的内心世界,又一次变回在小巷里玩石子的小男孩(星期天他们会在那巷子里卖偷来的狗)。他变回那个狡猾精明的小男孩,嘴唇如湿润的樱桃。他把手指伸入牛肚盆里,伸进煎鱼锅,他在人群里躲躲闪闪。他身材高挑,身手矫健,眼睛如擦亮的石头。而现在——现在——时钟的指针嘀嗒嘀嗒地转动着,一、二、三、四……兰伯恩公爵夫人得看他的脸色,兰伯恩公爵夫人,出身高贵的宫廷贵妇,她得坐在柜台的椅子上等个十分钟。她得看他的脸色,他愿意见她之前,她要一直等。他看了看鲨皮匣子里的钟,指针仍在跳动,指针每跳动一下,仿佛都在赐予他一种美味的享受——一碟鹅肝酱、一杯香槟、一杯醇美的白兰地、一根值一几尼①的雪茄。这十分钟内，时钟将这些一一放在了桌上。接着他听见有轻缓的脚步声走近，走廊里一阵窸窣声。门开了，哈蒙德先生紧贴墙壁而站。

"公爵夫人到！"他通报道。

他紧贴墙壁等候着。

奥利弗起身，他可以听见公爵夫人穿过走廊时裙子的窸窣声。随后她出现，占据了整个入口，公爵和公爵夫人们那种膨胀的气息，那种集芳香、尊荣、傲慢、浮夸、荣耀为一体的气息，如海浪般袭来，充满整个房间。随着巨浪的破灭，她的静态也不复，她一坐下，那海浪便向四周奔腾而去，溅起数尺浪花，将奥利弗·培根这位大珠宝商淹没，让他全身溅满闪亮的鲜艳色彩，绿色、玫瑰色、紫罗兰，满身香气，满身彩虹。光线穿过指间，从轻抚的羽毛飞出，丝绸闪亮。她身形宽大，身材肥硕，只能紧紧束

---

① 几尼，英格兰王国以及后来的大英帝国及联合王国在1663年至1813年发行的货币。金币停止发行后，几尼仍然在一段长时间内等于21先令（相当于1.05镑）。它成为贵族的象征，如专业征费，以及土地、马匹、艺术、定制洋服、家私以及其他奢侈品仍然使用几尼，直到1971年改用十进制为止。

在粉色塔夫绸里，且已人老珠黄。她是一把绣满花边的阳伞，是一只羽毛丰满的孔雀，但当她坐下时，她收起花边，收起羽毛，气势减弱，光芒收敛，深深地陷进皮椅里去了。

"早上好，培根先生。"公爵夫人从白手套中伸出手，奥利弗俯身握住。当他们的手触碰之时，他们俩之间的联系再次形成。他们是朋友，亦是敌人；他是店主，她是贵妇；互相欺骗，互相需要，互相害怕，他们每次在后面这间小屋里握手时都能感受到这种联系。此时，外面光线明亮，能看见树上的六片叶子，远方的街巷传来轰鸣声，他们身后放着保险箱。

"那么今天，公爵夫人——今天我能为您做些什么？"奥利弗轻声细语地问。

公爵夫人袒露心扉，大方地敞开内心的秘密。她叹了口气但没说话，随后从包里拿出一个细长的、看起来像只细瘦的黄色雪貂的软革袋子。她从雪貂的肚子里挤出珍珠，十颗珍珠，它们一一从雪貂肚子的小缝里滚出——一、二、三、四——宛如天堂鸟的蛋。

"我只剩这些了，亲爱的培根先生。"她悲伤地说道。

五、六、七——它们滚下来,从她膝盖形成的崇山峻岭中滚进狭窄的山谷——第八颗、第九颗、第十颗。它们躺在塔夫绸桃花般的光泽中。整整十颗珍珠。

"阿普比腰带上的,"她依旧很悲伤,"最后……最后十颗。"

奥利弗伸出手,用食指和拇指拿起一颗珍珠。珍珠圆润饱满,光彩照人。但是是真的吗?或许是假的?她又在撒谎吗?她还敢吗?

她用肥厚的手指遮住嘴唇。"如果公爵知道了……"她低声说,"亲爱的培根先生,我最近运气不太好……"

她又在赌博了吗?

"那个恶人!那个骗子!"她咬牙切齿地说道。

那个高颧骨的男人?他是个坏蛋。而公爵身子笔挺,留着连鬓胡子。如果公爵知道了我所知道的,他一定会断了她的经济来源,把她关起来,奥利弗边想边用眼睛扫过保险箱。

"阿拉明塔、达芙妮、戴安娜,"她悲伤地说,"我是为了她们。"

阿拉明塔小姐、达芙妮小姐、戴安娜小姐——她的女儿们。他认识她们，喜欢她们，但他唯一爱的是戴安娜。

"你知道我所有的秘密。"她使了个眼色。她的脸上有泪水滑下，泪水如钻石般，沾着脂粉，在她那樱花一般的面颊的皱纹中滑落。

"老朋友，"她自言自语，"老朋友。"

"老朋友，"他重复道，"老朋友。"仿佛在细细推敲。

"多少钱？"他问道。

她用手盖住珍珠。

"两万。"她小声说。

但是他手里的这颗，是真的还是假的呢？阿普比腰带——她不是已经卖了吗？他打算把斯班赛或哈蒙德叫来。"拿去检验一下。"他打算这么说。他伸手准备按铃。

"明天你会来我家吗？"她急忙问，打断他的动作。"首相大人会来……"她停了停，"还有戴安娜。"她补充道。

奥利弗的手从按铃上缩了回来。

他的视线穿过她，落在邦德街上那些房子的后墙上，但他看的不是邦德街的房子，而是一条泛着涟漪的河流。

鲑鱼和鳟鱼在水中跳跃;他看到首相在其中,还有他自己,穿着白色马甲;最后,还有戴安娜。他低头看了看手中的珍珠。他仿佛身陷河水的粼粼波光中,身陷在戴安娜眼中的光芒里,他怎么能送去检验呢?公爵夫人正看着他呢。

"两万,"她痛苦地说,"以我的名誉担保!"

戴安娜母亲的名誉!他拿过支票簿,拿出笔。

"贰。"他写下,却又停住,那幅画像上的老妇人正看着他——那位老妇人,正是他母亲。

"奥利弗!"他的母亲在提醒他,"你昏头了吗?别傻了!"

"奥利弗!"公爵夫人恳求他——现在她叫的是"奥利弗",不再是"培根先生"。"你要来我家度个长周末①呀。"

和戴安娜单独在树林里!和戴安娜单独在树林里骑马!

"万。"他写完,签了名。

"给您。"他说。

她从椅子里起身,就这样,阳伞的花边再次打开,孔

---

① 长周末,指因节假日而出现的长于3日的周末。

雀的羽毛再次绽放，海浪的光芒，阿金库尔战役[①]的刀光剑影，一览无余。两个年长的店员和两个年轻的店员，斯班赛和马歇尔，威克斯和哈蒙德，在柜台后笔直地站着，当他领着公爵夫人走向店门时，他们都嫉妒他。他朝他们挥挥黄色手套，而公爵夫人死死攥住自己的尊严——一张签了字的两万元支票——把它牢牢抓在手里。

"这些珍珠是真的还是假的？"奥利弗自问，随后关上房间的门。它们就在那儿，十颗珍珠被放置在桌上的吸墨纸上。他拿到窗户边，放在镜片下凑近光……这，是他从土里拱出的松露！烂心的——烂心的！

"噢，原谅我，母亲！"他叹了口气，举起手，好像在请求画中老妇人的原谅。他又一次成了卖狗小巷里的小男孩。

"我这么做是因为，"他低声说，双手合十，"我可以去度个长周末呀。"

刘慧宁 译

[①] 阿金库尔战役（Battle of Agincourt）发生于1415年10月25日，是英法百年战争中著名的以少胜多的战役。在亨利五世的率领下，英军以由步兵弓箭手为主力的军队于阿金库尔击溃了法国由大批贵族组成的精锐部队，为随后在1419年收复整个诺曼底奠定了基础。

存在的瞬间

"斯莱特的别针没有尖儿。"

"斯莱特的别针没有尖儿——你发现了吗?"克雷小姐转过身来说道,玫瑰从芬妮·威尔莫特的裙子上掉落。在萦绕的乐声中,芬妮弯下腰,在地上找寻掉落的别针。

克雷小姐正好弹完巴赫赋格曲的最后一组和弦,她的话让芬妮极为震惊。克雷小姐真的亲自去斯莱特店里买别针了吗?芬妮·威尔莫特在心中自问,不觉出了会儿神。她和其他人一样站在柜台前吗?她接过包着硬币的收据,放进钱包,一小时后,又在梳妆台边拿出买来的别针?她要别针做什么?她并不怎么打扮,穿衣对她而言不过是蔽体,就如同甲壳虫借壳护体,冬天穿蓝壳,夏天穿绿壳。她要别针做什么——茱莉亚·克雷——她仿佛生活在巴赫赋格曲那样淡然清明的世界里,只为自己弹奏喜欢的曲子,只同意接收一两个亚彻街音乐学院的学生(校长金斯顿小姐这么说），这还是看在金斯顿小姐的面子上,而金斯顿小姐"从各个方面都极其崇拜她"。金斯顿小姐担心,克雷小姐因弟弟的死而过于孤单。噢,他们曾经在索尔兹伯里度过一段多么美好的时光,她弟弟朱利叶斯很有名,是位著名的考古学家。能和他们相处她感到非常荣幸,"我们家一直和他们很熟——他们常去坎特伯雷大教堂礼拜。"金斯顿小姐说。但是对孩子来说,他们有点可怕;你要小心翼翼,关门要轻,也不能不敲门就冲进房间。金斯顿小姐在开学第一天就这样稍稍描述了一下他们的个性,她一边收支票一边开发票,满脸笑容地说着。是啊,金斯顿小姐小时候就是个假小子,她冲进房间,弄得那些绿色罗马瓶子在盒子里蹦蹦跳跳。克雷姐弟都没有结婚,他们不习惯有小孩,他们养猫。那些猫,你能感觉到,它们和人一样了解古罗马花瓶,了解那些瓶瓶罐罐。

"比我懂的多多了!"金斯顿小姐欢快地说着,一边用她丰满的手,兴冲冲地在收据上写上自己的名字,她一直就是个手脚麻利的人。毕竟,她得靠这吃饭。

也许刚刚——芬妮想,一边找着别针——克雷小姐说

"斯莱特的别针没有尖儿",只是随口说说。克雷兄妹都没有结婚。她一点也不了解别针———点都不了解。但是她希望能打破降临在这座房子上的魔咒,打破隔离他们和其他人的窗玻璃。波莉·金斯顿,那个开心的小女孩,关门关重了,震得罗马花瓶蹦蹦跳跳,朱利叶斯看了一眼花瓶(那是他的第一直觉),因为盒子就放在窗沿上,一切完好,他又转眼看看波莉,看见她穿过草地一路跳着跑回家。他用他姐姐常有的那种眼神看着波莉,那种持续又充满渴望的眼神。

"星星、太阳、月亮,"那眼神仿佛在诉说,"草丛中的雏菊、火焰、窗玻璃上的霜,我的心飞奔向你。但是,"它似乎又在说,"你打破沉寂,你擦肩而过,你离我而去。"与此同时,这两种激烈的情绪又在表达着"我达不到你——我接近不了你。"这样一种渴求又挫败的感觉。星辰黯淡而去,小孩不见了踪影。

这就是那魔咒,这就是克雷小姐借那句话想要打破的透明隔层。她弹起优美的巴赫,作为对她最爱的学生的奖励(芬妮知道自己是克雷小姐最爱的学生)。她想证明自己和其他人一样了解别针。斯莱特的别针没有尖儿。

是的,那位"著名的考古学家"也用那样的眼神看着。"著名的考古学家"——金斯顿小姐一边说一边签支票,确认日期。她说得那么开怀坦诚,但她的声音中有种说不出的味道,好像在暗示朱利叶斯·克雷有点古怪,有点不同于常人①。也许茱莉亚也同样地异于常人。可以肯定的是,芬妮·威尔莫特边找别针边想,在晚宴和聚会中(金斯顿的父亲是位牧师)她听到过的流言蜚语,当他的名字被提起时,人们总会会心一笑或语气里暗藏玄机,这些让她对朱利叶斯·克雷有种特殊的印象。不用说,她从未对别人提起过。也许她自己也并不清楚那意味着什么。但是每当她说到或其他人提起朱利叶斯时,她脑中的第一个想法——这可是个让人浮想联翩的想法——便是朱利叶斯·克雷有点古怪。

---

① 有点古怪,有点不同于常人,原文"something odd, something queer"中的"queer",本意指"古怪的、与通常不同的",与 odd 同义。在 20 世纪,由于这个词源,以及很多环境的影响,"queer"成为一个对同性恋者带有贬损意味的称呼,此词义的使用最早可追溯到 19 世纪末,昆斯伯里侯爵写给儿子道格拉斯(王尔德的恋人)的信。

茱莉亚半侧着身坐在琴凳上，面带笑容，她看起来也有那种感觉。美——它在草地中、在窗户上、在天空里；我却接近不了，我无法拥有——我，她似乎在说，她一手轻轻握紧，那是她特有的动作，我热切地爱着它，为了拥有它我可以放弃全世界！她捡起掉落在地上的康乃馨，而芬妮仍在寻找别针。她在搓捻花朵，芬妮感觉得到她在放纵地、尽情地搓捻，用她那露有青筋的手，她的手上还戴有镶珍珠的水色戒指。她手指的压力仿佛使花中最美妙的部分升华；释放它吧，让它起皱、起褶，让它更加鲜活，更加纯净。她的古怪之处，或许也是她弟弟的古怪之处，在于这手指的动作总带有一种挫败感。就算现在也是如此。她的手握着康乃馨，她紧握它，但是她不能拥有它，无法享受它，怎么也不行。

克雷兄妹都没结婚，芬妮·威尔莫特回想道。她记得有一次，课比平常结束得晚，外面天色已暗，茱莉亚·克雷说道："男人的作用，毫无疑问，就是保护我们。"芬妮当时正在扣外衣，茱莉亚看着芬妮，脸上带着那种古怪的微笑，这微笑让芬妮觉得自己像她手里的花儿，能感受到她指间的青春和美妙,但是芬妮怀疑,自己也如花一般,让她觉得不自在。

"噢,但我不想被保护。"芬妮笑着说,茱莉亚·克雷用一种奇特的眼神看着芬妮,说她可不确定,她眼中的欣赏让芬妮脸涨得通红。

这是男人唯一的用处,她说。这难道是,芬妮盯着地板思索着,她不结婚的原因吗?再怎么说,她并没有一直住在索尔兹伯里。"伦敦最美的地方大抵是,"她有次说道,"肯辛顿(但我说的是十五、二十年前)。你可以十分钟就走到肯辛顿公园——它就像是英国的中心。你可以穿着单鞋出去吃饭也不会感冒。肯辛顿——那时候还像个村子,你要知道。"她说。

说到这儿她话锋一转,尖酸地斥责起地铁里的大风来。

"这就是男人的用处。"她说,语气尖酸,故意挖苦。这是她不结婚的原因之一吗?芬妮能想象出她年轻时的每一幅场景。她的眼睛湛蓝美丽,鼻子坚挺,她弹着钢琴;玫瑰饱含贞洁的激情,在她的细布裙上、在她的胸前绽放。她最早吸引来的年轻人,会因为中国茶杯、银蜡烛架、嵌饰桌子（克雷家有这些好东西）这些东西惊叹。没有显赫身份的年轻人、胸怀大志的坎特伯雷青年，她最先吸引到他们，然后再是她弟弟在牛津或剑桥的朋友。他们会在夏天南下，带她划船，他们与她书信往来，继续讨论勃朗宁，当她偶尔在伦敦小住时，他们便组织活动带她逛逛——也许逛了肯辛顿花园？

"伦敦最美的地方大抵是——肯辛顿。我说的是十五、二十年前。"她有次说。"你十分钟就可走到肯辛顿公园——英国的中心。"她可以在这种有利条件下挑选自己喜欢的人，芬妮·威尔莫特想，挑选出，比如，谢尔曼先生，一位画家，她的老朋友，让他在六月的一个晴好天登门拜访，让谢尔曼带她出去在树下喝茶。（他们也是在晚宴中相遇的，那种人们穿着单鞋出门也不怕着凉的晚宴。）当他们观赏瑟彭泰恩河时，她的姑姑或其他什么长辈便在一旁等着。他们欣赏了瑟彭泰恩河的风光，他也许还载着她泛舟河上，他们将此处的景色与埃文河作对比。她认真地比较，因为她喜欢河岸的风光。她坐着时略微驼背，举止笨拙，但是她掌舵时却显得极为优雅。在这关键的时刻,他终于决定要讲话了——这是与她唯一独处的机会——他紧张极了,说话时,他头与肩呈现出一个滑稽的角度——但就在那一刻,她残忍地打断了他。他会一直划到伦敦塔桥的,她叫道。对他们两个而言,那是惶恐的一刻,幻灭的一刻,揭示真相的一刻。我无法获得,我无法拥有,她想。他不明白既然如此她为何要来。他扯动船桨,让船调转方向,溅起巨大的水花。只是为了让他死心?他划船将她送上岸后,便与她道别了。

这一情景的背景可以任意切换,芬妮·威尔莫特想。(别针掉到哪里去了?)可以在拉文纳——或者爱丁堡,她在那儿为弟弟管理家务。场景可以改变,年轻人和他们的举止行为可以改变,但是有一件事是不变的——她的拒绝,她的皱眉,她事后对自己的恼怒,她的辩解,她的解脱——是的,她肯定会感到由衷的解脱。第二天,她可以在六点起床,穿上衣服,从肯辛顿一直走到河边。她很欣慰自己没有牺牲自由的权利,她可以在事物最美好的时候——也就是,在人们起床之前,欣赏风景。只要她愿意,她也可以在床上吃早餐。她也没有牺牲自己的独立性。

是的，芬妮·威尔莫特笑了，茱莉亚保护她的习惯不受破坏，它们都很安全，但如果她结婚了，她的习惯都将面临大改的危险。"他们是食人妖。"某一晚，她带着些许笑意说道，她那刚结婚的学生听了忽然想起自己与丈夫有约，于是一溜烟跑走了。

"他们是食人妖。"她说，脸上的笑容残忍无情。食人妖也许不会让她在床上吃早餐，不让她在清晨沿着河岸散步。如果她有了孩子（但是这个很难想象）又会发生什么？她异常谨慎地预防着凉、劳累、油腻或不适当的食物，大风、高温房间和乘坐地铁，因为她不确定是这些因素中的哪些造成了她那些可怕的头痛，让她的生活酷似战场。她一直试图战胜敌人，但后来她发现这种对抗对她也有帮助；如果她最终击败了敌人，她便会发觉生活其实有点无聊。事实上，战场上的抗争是永恒的——一方面她热爱夜莺和风景——是的，对于夜莺和风景，她只有满腔的爱；但另一方面，陡峭山峰上湿漉漉的小道和可怕的上山跋涉绝对对她的健康无益，第二天便会引起某种头疼。在这样的情形下，她只能隔一段时间，在精心的计划后，在番红花（那些耀眼的鲜花是她的最爱）开放最盛的那一周，游览汉普顿宫，这对她而言是胜利。这段记忆会一直留存，永远不失去它的魅力。她将那个下午串在记忆的项链上，这条项链并不长，她能轻易记起哪颗记忆代表什么；这是一片风景，那是一座城市；她触摸，感受，品味，感叹，每一颗都有独有的特质。

"上周五的景色太美了，"她说，"于是我决定去一趟。"她克服种种不便去了滑铁卢——去游览汉普顿宫——独自一人。人们同情她，这虽说是在情理之中，但却也可笑，她并不需要这方面的同情（一般这种时候她的确沉默寡言，提及自己的健康时犹如战士提及敌人）——人们同情她做什么事都一个人。她弟弟死了，姐姐有哮喘，她觉得爱丁堡的气候更适合自己，但爱丁堡对茱莉亚来说太凄凉。那地方与故人的联系大概让她痛苦，因为她弟弟，那位著名的考古学家，就死在那儿；而她曾经那么爱她的弟弟。她现在独自一人住在邦普顿路拐角的这间小房子里。

芬妮·威尔莫特在地毯上找到了别针，她捡起别针，再去看克雷小姐。克雷小姐孤独吗？不，克雷小姐是个快乐的女人,哪怕只是偶尔的快乐,克雷小姐肯定非常快乐。芬妮的眼神将她从片刻的激动中惊醒。她坐在那儿,侧身对着钢琴,两手放在膝盖上竖直地握着那朵康乃馨,她身后是扇棱角分明的窗户,没有挂窗帘。它在夜晚,尤其在灯光的对比下,呈现出紫色,深沉的紫色。炫目的电灯没有灯罩的遮挡,在空荡荡的音乐室内亮起。茱莉亚·克雷坐在那儿,微微驼着背,缩着身子,握着那朵花儿,仿佛从伦敦的夜色中走来,仿佛将夜色当作外衣挂在身后摇曳。她的灵魂散发出空洞而强烈的气息,这感觉环绕着她,这就是她。芬妮仍在看着她。

就在芬妮·威尔莫特盯着她看时,突然间,一切似乎明了,她仿佛能看透克雷小姐。她看见克雷小姐生命的源泉,纯净的银色小水珠向空中喷射而去。她看见克雷小姐久远的过去,再久远的过去。她看见矗立在盒子里的绿色罗马花瓶,听见唱诗班男孩打板球的声音,看见茱莉亚静悄悄地走下螺旋楼梯向草坪走去,又看见茱莉亚在雪松下倒茶,看见茱莉亚轻轻地握住老父亲的手,看见茱莉亚在老教堂寓所的走廊间徜徉,手里拿着毛巾留下擦拭灰尘的印记。她感到悲伤,因为生活在日常琐事中度过;她年岁渐长,当夏天来临时,必须扔掉些衣服,因为那些衣服对她这个年龄的人来说太过艳丽;她服侍生病的父亲;她的独身意志更加坚决,她更加坚定地坚持自己的道路;她节省地旅行,计算着要花多少钱,要从她那紧闭的钱包里拿出多少用于旅行,多少用来买那面旧镜子。无论人们说什么,她都固执地坚持自我,坚持自己的快乐。她看见茱莉亚——

看见她发光,看见她闪耀。夜色中,茱莉亚如一颗白炽的恒星一样燃烧着。茱莉亚张开双臂,茱莉亚吻了她的唇,茱莉亚拥有了它。

"斯莱特的别针没有尖儿。"克雷小姐说,露出那种不同于常人的微笑,她松开手臂,好让芬妮·威尔莫特用颤抖的手指把花别在她胸前。

刘慧宁 译

博爱之人

那天下午,普里克特·埃利斯快步穿过西敏寺学院草地时,迎面遇上了理查德·达洛维①,具体来说,就是他们在擦肩而过时,各自在帽檐的阴影下,越过肩膀的遮挡,悄悄地用余光瞥了对方一眼,但就在这一瞥间他们认出了彼此。他们有二十年没见了,他们曾在一所学校上学。埃利斯在做什么?当律师?当然,当然——他之前有跟进过报纸上的那个案子。但是在这里讲话不方便,愿意今晚光临寒舍吗?(他们仍住在那个老地方——就在拐角处。)有一两个熟人会来,也许有乔因森。"他现在可是个人物了。"理查德说。

"好的——那就今晚见吧。"理查德说完便继续向前

---

① 理查德·达洛维,伍尔夫于1925年出版的长篇小说《达洛维夫人》中的人物。

走了,他心想,遇见这个怪家伙真是"高兴"啊(他真挺高兴),他跟上学那会儿一模一样——还是那个满脸疙瘩的胖小子,满脑子偏见,一点不加遮掩,但是格外聪明——他得过纽卡索奖。嗯——他走远了。

这一边,普里克特·埃利斯却转过身,看着达洛维消失在视线里,他宁愿没遇见达洛维,或者至少没有答应去晚宴,尽管他一直挺喜欢达洛维这个人。达洛维是已婚人士,喜爱举办宴会,跟自己完全不是一类人。而且他还需要穿上正装。然而,当夜晚降临时,他想,他必须去,因为他已经答应了,他不想失礼。

但这是多么可怕的消遣方式啊!乔因森在那儿,他们彼此无话可说。乔因森从前是个自命不凡的小孩,现在年龄大了更加以自我为中心——他对乔因森的想法只有这些,普里克特·埃利斯不认识房间里其他任何人,一个也不认识。他不能即刻离开,达洛维在忙于尽地主之谊,穿着一件白色马甲忙得不可开交,他不能一句话都不跟达洛维说就走,于是他只好站在那儿,面前这些事儿让他恶心。想想看,这些成年、富有责任感的男男女女,每晚竟做这些!他靠在墙上,一声不吭,刮过胡子的脸显得又青又红,他的皱纹也深了;虽然他拼命地工作,却也注重锻炼保持身体健康。他看起来一脸不友好,坚硬的小胡子像上了霜似的。他不满,他发怒了。粗劣的礼服让他看起来衣衫不整,像一个态度不善的无名之辈。

这些无所事事、口若悬河、装扮华丽的先生女士们说呀、笑呀,没完没了;普里克特·埃利斯看着他们,在心里将他们与布伦纳一家比较了一番。当布伦纳一家胜诉芬纳啤酒厂并拿到两百镑补偿金(这都不到他们应得的一半)后,布伦纳一家花了其中的五镑为他买了一只钟。这样的事才值得称赞,这样的事才会感动人。于是他用比以往都更加严厉的眼神看着眼前这些衣着考究、自私自利的有钱人,并将此时的感受与今早十一点时的感受作比较。今早老布伦纳夫妇穿着他们最体面的衣服造访他,他们看起来令人起敬,清爽整洁。老先生说,要送一样小东西以感谢他在案子中的出色表现,老先生站得笔直,发表了一番感激之词,布伦纳夫人也跟着高声称赞,他们认为能赢得官司全是因为他。他们也非常感激他的慷慨——因为,毫无疑问，他没有收取一分钱费用。

当他接过钟放在壁炉架正中央时，他希望没有人看见他的脸。这正是他为之努力的一切——这就是他的奖赏。他看着眼前这群人，他们仿佛一边跳舞一边穿越了他回忆的画面，在画面之上显现出来了。随着画面渐渐逝去——布伦纳夫妇消失了——只留下他自己在那场景里，单独面对眼前这群怀有敌意的人。他单纯没有城府，为社会底层的人服务（他挺直身子）；他衣着糟糕，怒目而视，既不风度翩翩，也不会掩饰情感；他是一个普通人，一个平凡人，一个与社会中的邪恶、腐败和冷漠抗争的人。他不想再继续看他们了，他戴上眼镜，开始仔细观看那些画。他念着眼前一排书的书名，其中大部分是诗集。他其实真的很想再读读他旧时的最爱——莎士比亚、狄更斯——他真希望能有时间走进国家美术馆，但是他没办法——不，他没办法。的确，当世界处于现在这种状况时——他真的没办法。尤其是当人们成天都需要他的帮助，甚至可以说是哭着喊着请求他帮助时，他真的分身乏术。这不是享受的时代。他又看了看周围这些扶手椅、裁纸刀和装帧精良的书籍，摇了摇头，他清楚自己永远不会有那个时间，也不会有那个心情让自己去享受。这里的人如果知道他抽多少钱的烟，从哪儿借的衣服，一定会很错愕。他唯一一样奢侈品是他那艘停泊在诺福克湖区的小游艇。他纵容了自己一次，他实在是喜欢一年中远离所有人一段时间，独自仰卧在原野里，静看云光流转。他觉得他们会很错愕——这些体面人——如果他们知道他——他会老派地称之为对自然的热爱——从那些他自小熟悉的花草树木中获得了多少快乐。

这些体面人会很错愕。他站在那儿，将眼镜摘下放进口袋里，他觉得每过一秒自己都变得更加令人错愕了，这让他觉得很不舒服。他富有人道主义精神，他只买五便士一盎司的烟草；他热爱自然——他本可以平静自然地看待这些，但现在不行，他喜爱的一切在脑中进行着无声的抗议。那些他厌恶的人让他不由得挺直腰板，为自己辩护。"我是个普通人。"他不停地说，而他接下来说的一句话实在让自己羞愧，但他还是说了："我一天中为人类所做的贡献比你们一生中做的都多。"确实，他再也忍不住了，他不住地回想过往的场景，与布伦纳一家送礼时相仿的场景，这些场景一幅接着一幅掠过脑海——他不断回想人们曾经赞美他的话，他们赞美他富有人道主义精神，他的慷慨大方，他助人时的尽心尽力，他始终视自己为人道主义精神的守护者，他真希望自己可以大声重复别人对他的赞美。这份良好的自我感觉只能憋在心里，这让他不快。更让他不快的是，他无法告诉身边的人，人们曾经如何称赞他。感谢上帝，我明天就可以回去上班了，他不断地对自己说；但是打开门溜回家已不能满足他，他要留下来，他要一直留在这里，直到他为自己讨回公道。但是他要怎么做呢？在这间挤满了人的屋子里，他找不到一个可以说话的人。

终于理查德·达洛维走上前来了。

"这位是奥基夫小姐。"他介绍道。奥基夫小姐上上下下地打量了他一番，她是个年逾三十的、傲慢无礼的女人。

奥基夫小姐想要一杯冰淇淋或饮料，并使唤他去拿。她可怕的态度让普里克特·埃利斯觉得莫名其妙，但这其实是有缘由的。因为她在某个炎热的下午看见一个女人带着两个孩子，他们穷困潦倒、疲惫不堪地扶靠在广场的栏杆上，向屋内窥视。能让他们进来吗？她想；当时，她的怜悯之情像海浪一般涨起，愤慨之情在心中翻腾。不能，她马上严厉地驳斥自己，仿佛是在自己打自己耳光。就是不行，她捡起网球，扔了回去；就是不行，她怒气冲冲地对自己说。这就是为什么她用命令的口气，对一个陌生男人说：

"给我拿一杯冰淇淋。"

她慢慢吃着冰淇淋，普里克特·埃利斯站在她身边，没吃也没喝，埃利斯告诉她，自己已经有十五年没参加社交聚会了；他告诉她，他的礼服是从妹夫那里借来的；告诉她，他不喜欢这些事儿。他想继续说下去，说他是个平凡的人，而且也关心普通人的疾苦，然后跟她说布伦纳一家和钟的事（说了以后他又会羞愧难当），这会让他感觉舒服很多，但是她说：

"你看《暴风雨》[①]了吗？"

---

① 《暴风雨》，莎士比亚于1611年创作的戏剧，此处指最近上演的演出。

然后,(因为他没看《暴风雨》)她又问他读过某本书吗?还是没有,这时,她放下手中的冰淇淋问,你从来没有读过诗吗?

普里克特·埃利斯心中涌出一股无名之火,他在心中让她上刀山、下火海,将她千刀万剐,但现实中他却和她在花园里坐下了。这空荡荡的花园,没有人会来打扰,因为所有人都在楼上,在下面只能一会儿听到些叽叽喳喳声,一会儿听到些叮叮当当声,就像是荒诞的幽灵在进行交响乐伴奏。在这伴奏的烘托下,一两只猫蹿过草丛,树叶来回摇曳,中国灯笼似的黄果子、红果子晃来晃去——那些说话声像是狂热的骷髅舞音乐,配合着某种真实、苦难的主题。

"真美啊!"奥基夫小姐说。

噢,是很美,这一小块草地,就在客厅后面,威斯敏斯特塔楼高大的黑影环绕在四周的天空中。喧嚣过后,此刻尤为寂静。无论如何,他们至少享受过这番美景了——那个疲惫的女人和她的孩子。

普里克特·埃利斯点燃烟斗。他在烟斗里填满味道浓烈的粗烟丝——五个半便士一盎司。如果她知道他抽的是什么烟,她会很惊讶。他想象自己躺在小船上,独自一人,在夜晚,在星空下抽烟。今晚他总在想自己在别人眼中是什么样子。他借鞋边擦火柴时,对奥基夫小姐说,他看不出这里有什么特别美丽之处。

"也许,"奥基夫小姐说,"你并不在意美。"(他已经告诉过她他没看《暴风雨》,他不怎么读书,他看起来邋里邋遢,满脸胡子,还戴着银表链。)她认为人们无须为美付一分钱,博物馆是免费的,国家美术馆是免费的,乡野的风景也是。当然她知道会有阻碍——洗衣、做饭、照顾孩子;但是事实是——人们都不愿意承认——幸福便宜得很,你可以不费一分一毫就得到它。

普里克特·埃利斯不想与她——这个苍白、唐突、傲慢的女人——争辩。他边吐着烟圈边告诉她,他那天都做了些什么。6点起床,见面会谈,在脏兮兮的贫民窟里忍受着下水道的气味,然后上法庭。

说到这里他停顿了一下,他想告诉她自己在做的事。他忍住没说,却变得更加尖酸刻薄。他说,听见吃得好、穿得好的女人（她嘴角抽动，因为她身材瘦弱，着装也不入时）谈论美，令他作呕。

"美！"他说，他恐怕无法理解与人类无关的美。

于是他们两人都直愣愣地瞪着空荡荡的花园，路灯摇来晃去，一只猫举着爪子，处在中间彷徨不前。

与人类无关的美？这么说是什么意思？她突然问道。

啊，这个，他越想越情难自抑，于是把布伦纳一家和钟的事告诉了她，一点没掩饰自己的优越感。那才是美，他说。

她无法用言语形容她多么厌恶他讲的故事。先是他的傲慢自大，再是他在谈论人类情感时的不恰当，这是渎神；世界上没有人可以通过讲故事表明自己博爱。但是当他讲到——那位老先生怎么站着，怎么发表了那番感激之词——泪水从她的眼眶里涌了出来，她真希望能有人对她说那番话！但是她又一次反驳自己，她觉得正是这一点揭示了人性的瑕疵，人类永远无法从那些表达感谢的感人场景中超脱出来。布伦纳一类人会永远向普里克特·埃利斯一类人发表感激之词，普里克特·埃利斯一类人会一直说他们怎么博爱；他们总是推三阻四，太爱面子，害怕真实的美。于是，从对这些害怕、推阻和对感人场面的热爱之中，催生了革命。即使这样，这个男人依旧从布伦纳一家身上获得快乐，而她也注定要永远为被关在外面广场上的穷女人而内心矛盾。他们都静静地坐着，两人都不开心。因为普里克特·埃利斯一点也没有因为自己所说的话感到宽慰，她是他心中的一根刺，他本想剔出来，却摁了进去。他今早的愉悦就这样被毁了，而奥基夫小姐想得头昏脑涨，恼怒不已，她越想越糊涂。

"恐怕我是那种非常普通的，"他站起来说，"博爱之人。"

听到这句话，奥基夫小姐几乎喊了出来："我也是。"

他们厌恶彼此，也厌恶那一屋子的人，是他们带来了这个痛苦又幻灭的夜晚。这两位博爱之人站起身，一句话没说，就分道扬镳了。

刘慧宁 译

探照灯

这幢十八世纪伯爵家的大宅,到了二十世纪,已变成一间俱乐部。在悬挂着枝形吊灯、廊柱高耸的明亮大厅用过晚餐后,去外面的阳台坐坐,俯瞰公园,是很惬意的事。公园里的树木正葱茏,如果月色好,还能看到栗子树上粉红色和奶油色的栗蘑①。但今晚无月,经过一个白天的炙烤,这是个热腾腾的夏夜。

埃维密夫妇晚宴的客人们,正喝着咖啡,在阳台上抽烟。似乎为了让他们免于费心找话说,可以一动不动地坐着还有点东西放松娱乐,夜空中来回闪动着一道道光柱。现在不是战时,这只是空军演习,在搜寻敌机。在某个可疑地点暂停试探一番后,灯光继续扫巡,好像风车的轮叶,或是一只巨大昆虫的触须,时而照出前方一块惨白的石头,

---

① 栗蘑,学名灰树花,是一种可食用菌类,夏秋季常生于栗树周围。

时而照到一棵开满花的栗子树。忽然,光柱猛地直射到阳台上,闪出一小片的亮光,可能是哪位女士正拿出包里的镜子。

"瞧瞧!"埃维密太太叫道。

光柱扫了过去,四周又重回黑暗。

"你们绝对猜不到这让我想到了什么!"她说。大家自然纷纷猜起来。

"不对,不对,不对。"她一一否定。谁也不可能猜到,只有她自己知道。只有她会知道,因为她就是那个男人的曾孙女,就是他给她讲了这个故事。什么故事?如果你们想听的话,她可以来讲讲。反正离戏开演还有一段时间。

"从哪说起呢?"她斟酌着,"那是……1820年?应该是,那时我的曾祖父还是个少年,而现在我都不再年轻了——"话虽如此,可她保养得相当好,看起来很精神。"——听这故事的时候我还小,他已经年迈,但他是个英俊的老头,有一头浓密的银发、湛蓝的眼睛,他年轻时一定十分俊美,只是性情孤僻……这很正常。"她解释道,"如果你们知道他是如何长大的。他姓康波,落魄的贵族之家，祖上曾经也是名门望族，在约克郡有大片的地产。可等到我曾祖父小时候，只有一座塔楼留了下来。他们住的就是普通的农家小院，在田野中央。十年前我们去看过那里，必须得提前下车，步行穿过田地，没有路通过去。四下只剩这栋孤零零的建筑，野草长到了门口……一群鸡仔在周围点点啄啄，跑进跑出，一切都已残败不堪。我记得当时，一块石头忽然从塔楼顶上滚了下来。"她顿了顿。

"这家人就住在这样的地方，"她接着讲起，"一个老男人，一个女人，还有这个男孩。那女人并不是男人的妻子，也不是男孩的母亲，她只是个雇农。妻子死后，老男人就和她住在了一起，这或许也是没人来拜访他们家的原因之一吧——所以这里才如此地被人遗忘。大门上方有一个盾形纹章，屋子里有书，很旧的书，都长霉了。男孩会的一切都是自己从书上学来的，他读了很多书，他跟我说，那些古老的书里附有地图，时常从书页里掉出来。他拖着那些书爬上楼顶——拖绳现在仍在，还有朽坏的楼梯台阶。窗口那儿还留着一把椅子，底座已经烂掉了。窗户上的玻璃碎了，窗框吱嘎地摇晃着，外面是连绵几英里的旷野。"

她停了下来,仿佛此时就站在塔楼顶上,正从那扇摇晃的窗向外遥望。

"但我们没找到那个望远镜。"她又开口。他们背后的大厅里,觥筹交错的喧闹声更响了。而阳台上的埃维密太太却神情迷茫,因为她找不到望远镜。

"为什么要找望远镜?"有人问。

"为什么?因为如果没有那个望远镜,"她笑起来,"我现在就不会在这里了。"

而她现在当然在这里,是个保养良好的中年女人,她的两肩上点缀着蓝色的饰物。

"那儿以前肯定有望远镜,"她继续道,"他给我讲过。每天晚上,大人们去睡觉后,他就会坐在窗口,用望远镜看星星,木星、毕宿五[①]、仙后座。"她朝夜幕中的星星招招手,它们正要探过树梢。夜色更浓,探照灯的光柱愈发刺眼,在空中扫来扫去,时而四处停停,和星星对视。

"就是它们,"她说,"那些星星。于是我曾祖父,

---

① 毕宿五,金牛座里最亮的一颗星。

这个男孩,他问自己,'它们是什么?为什么在那里?我又是谁?'他独自思忖着,坐在窗边,没有一个人可以说话,他只能凝望星星。"

她不作声了。大家都仰头看着已经升到树林上空的星星,它们看起来似乎亘古不变。伦敦城的热闹渐渐沉寂,一百年的距离消失了。他们觉得那男孩正与他们一起仰望群星。他们也在那塔楼上,眼前是星空下的荒野。

这时,背后响起一个声音:

"周五见了,各位。"

他们都转过身来,回了回神,好像一下子掉落回了阳台上。

"啊,从没有人对他说过这样的话。"她小声自语。那对夫妇起身离开了。

"他是彻底孤独的。"她重又继续,"那是个晴朗的夏日,六月的一天,是那种最灿烂的天气,一切都好像停滞在了热浪中。院子里有小鸡啄食,老马在马厩里跺着蹄子。老男人喝了点酒,打起盹来,女人在洗碗间刷洗提桶。一块石头或许又从楼顶滚落下来了。长日漫漫,无止无终。

他没有人可以说话,也不知道能做些什么。整个世界在他面前无限蔓延,原野起起伏伏,在远处与天空交接。绿色和蓝色,蓝色和绿色,永远如此,没有尽头。"

淡淡的光亮间,他们看见埃维密太太靠在阳台边沿,双手撑着下巴,就像正坐在塔楼顶上,凝望着一片荒原。

"什么都没有,除了荒野和天空,什么都没有,永远都将如此。"她喃喃着。

她忽然做了个动作,像是猛地把什么东西摆在属于它的位置上。

"但是,从望远镜里看这片大地,会是什么样呢?"她问。

她的手指轻轻一转,仿佛在拧动什么。

"他调好焦,"她说,"对准地面,对准地平线上那片黑压压的树林。他聚焦在那里,他能看清……一棵棵树,每一棵……还有鸟……飞起又扑落……有一股烟,在那儿……从树林中间冒起。镜头放低……再放低……(她的目光也越来越向下)……一间小屋,林中小屋……是间农舍……每块砖都清清楚楚……门两旁有花盆……蓝色的、粉色的,可能是绣球花……"她停了停,"接着,一个女孩从屋里走了出来……头上戴着蓝色的发饰……她站在那,给鸟儿喂食……是鸽子……它们扑扇着翅膀围在她身边……现在……瞧,走过来一个男人……一个男人!他从墙角绕过来,他抱住了那个女孩!他们在亲吻……他们接吻了。"

埃维密太太张开双臂,又再合拢,好似她也在吻着谁。

"这是他第一次见到男人和女人接吻——隔着望远镜——隔着数英里远的原野!"

她做了个把东西抛下的手势——应该是望远镜。然后她挺直起腰来,就这样坐着。

"他就这样跑下楼了,跑过田野,沿着小路,跑上公路,穿过树林。他不知疲倦地跑着,星星冒出树梢的时候,他跑到了那间小屋……满脸是土,汗流浃背……"

她又止住了,好像看到男孩就在面前。

"然后呢,然后呢……他干了什么?说了什么?那个女孩呢……"大家纷纷追问。

光束忽然打到埃维密太太身上,犹如一个望远镜正瞄准着她(这是空军部队在找寻敌机)。她站起身,她头上也戴着蓝色的发饰。她抬起一只手,像是此刻正站在小屋门口,惊讶地盯着门外。

"哦,那个女孩……她就是……"她有点恍惚,因为她正要说出"我自己"来。但她意识到了,连忙改口,"她就是我的曾祖母。"她说。

她扭过头去找斗篷,它在她背后的一把椅子上。

"告诉我们——另外那个男人怎么样了,从墙角过来的那个?"众人问。

"哪个?哦,那个人。"埃维密太太含糊地答着,她正弯腰摸索她的斗篷(探照灯的光柱已经离开了这个阳台),"他嘛,我想就是不见了吧。"

"这个光,"她边收拾东西边加上句,"就会到处乱转。"

探照灯的光柱继续移动,它现在正照着白金汉宫那一大片平地。是时候走了,戏就要开演了。

钟姗 译

遗赠

"赠予茜茜·米勒。"在妻子的起居室里,吉尔伯特·克兰顿从桌上的一堆戒指和胸针中,拿起一枚珍珠胸针,读着题词:"赠予茜茜·米勒,连同我的爱。"

连秘书茜茜·米勒也没有落下,这确实是安吉拉的风格。但奇怪的是,吉尔伯特·克兰顿又一次觉得,她将每件事都安排得井井有条——她的每位朋友都会得到这样或那样的小礼物,就好像她预见了自己的死亡。但是,六个星期前的那个早上,她离开家时,身子还好好的;她是在走下皮卡迪利大街的人行道时,被一辆汽车撞死的。

他在等茜茜·米勒,他请她过来一趟。他觉得,在她这么多年的陪伴后,他应当把这枚表示心意的胸针送到她手里。是的,他坐在那儿,继续想着,安吉拉将一切都安排得井井有条,太奇怪了。她给每一位朋友都留下了一份作为感情纪念的小物件。每一枚戒指、每一条项链、每一个中式小盒子——她喜欢收藏小盒子——每一件上都写有名字。每一件对他来说都代表着一段回忆,这个是他送给她的;这个——有一双红宝石眼睛的搪瓷海豚——某天她在威尼斯的一条小巷里看见它,如获至宝,欣喜地叫出了声。至于他,当然,除了她的日记,她并没有特意为他留下什么。用绿色皮革装帧的十五个小本,就立在他身后她的写字台上。自从他们结婚以来,她就一直记日记。因为日记,他们有过一些口角——他都不会称之为吵架,不过是口角罢了。每当他走进房间看见她在写日记时,她总是会合起本子,用手遮住。"不,不,不,"他会听见她这么说,"在我死后——也许你可以看。"所以她将它作为遗赠,留给了他。这是她在世时他们唯一没有分享过的东西。但是他一直想当然地以为她会比他活得长。如果她停一步,回回神,她现在就还活着。但是她径直走上了人行道,那辆车的司机在审讯中是这么说的,她没给他刹车的机会……想到这里,大厅里的人声打断了他的思路。

"先生,是米勒小姐。"女仆说道。

米勒小姐走进屋来。他在此之前还从未与她单独相处过，当然，也没有见过她哭的样子。她悲痛万分，这也在情理之中。安吉拉对她来说不只是雇主，也是她的朋友。而对他而言，他一边思忖着，一边为她推开一把椅子，请她坐下。她在同类女性中一点都不显眼，世上有成千上万的茜茜·米勒——瘦小无趣的女人，一袭黑衣，拎着公务包。但是安吉拉，因为天生富有同情心，在茜茜·米勒身上发掘出各种各样的品质。安吉拉说，茜茜生性谨慎，那么安静，那么值得信任，你可以告诉她任何事情。

米勒小姐一开始泣不成声。她坐在那儿，不停地用手帕轻拭眼睛，片刻后她努力开口说话。

"请见谅，克兰顿先生。"她说。

他咕哝了一句表示没事。他当然可以理解她的心情，这再自然不过，他能想象妻子在她心中的位置。

"我在这里一直工作得很开心。"她说着，环顾四周。她的目光停留在他身后的写字台上。她们就是在那儿一起工作的——她和安吉拉。安吉拉作为一名显赫政治家的妻子，自然也需要分担一些工作。在事业上，她给予他的帮助最多。他曾无数次看见她和茜茜坐在桌边——茜茜操作着打字机，记录下她口述的信函。毫无疑问米勒小姐也在回想这一场景。现在他需要做的就是将妻子留给她的胸针交给她。一份看起来并不合适的礼物,如果留给她一笔钱也许会更好,或者那台打字机,但是安吉拉留下了这个——"赠予茜茜·米勒,连同我的爱"。他拿起胸针,递给她,并说了几句预备好的话。他说,他知道她会珍惜这枚胸针,他的妻子从前经常戴着……她接过胸针时,仿佛也准备说些什么话,回答她会永远珍惜它……他猜想,她应该有其他更相衬的衣服可以搭配这枚珍珠胸针。她穿着黑色小外套和小黑裙,看着像职业制服,接着他想起来了——她在服丧。她家也发生了一件不幸的事——她深爱的哥哥,在安吉拉去世前一两周离世了。好像是因为什么事故?他只记得安吉拉告诉过他这件事,安吉拉,天生富有同情心,为此事伤心不已。这时米勒小姐站起身,戴上手套,显而易见,她觉得自己不应打扰太久。但是在讨论出她的未来去向之前,他不能让她走,她有什么打算?他可以怎么帮助她?

她盯着桌子看,她曾经坐在那儿打字,现在日记本放在那上面了。她沉浸在对安吉拉的缅怀中,至于帮助她的

提议,她并没有立刻做出答复,她似乎有点心不在焉。于是他又说了一遍:

"你有什么打算,米勒小姐?"

"我的打算?噢,没事的,克兰顿先生。"她大声说,"您不用为我操心。"

他将她的话理解为她不需要经济方面的帮助,他意识到,这种提议在信中提出也许会更好。他现在能做的不过是握住她的手说,"记住,米勒小姐,如果在哪方面我可以帮到你,我会很高兴……"然后他打开门。在门口,她好像突然想起什么似的,停住了。

"克兰顿先生,"她第一次直视他,他也第一次被她的表情惊到,她的眼中饱含同情,但同时又似乎在探寻什么,"如果什么时候,"她说,"有什么我可以帮上忙的,请记住,为了您的妻子,我会很乐意帮助您……"

说完这些她就走了。她的话和她说这些话时的表情都是他没有预料到的,她似乎认为,或希望,他会有求于她。当他坐回椅子时,一个奇特的、也许有点疯狂的想法出现在他的脑子里。会不会,在他几乎没有注意到她的这些年里,她,就像小说家写的那样,渐渐地对他产生了感情?当他经过镜子时,他看见镜中的自己。他已年过五十,但是他不得不承认自己依然如同镜子中呈现的那样,是一个相貌不凡的男子。

"可怜的茜茜·米勒!"他半是发笑地说。他真希望能和妻子分享这个笑话!他不知不觉地拿起她的日记本,"吉尔伯特,"他随便打开一页读起,"看上去帅极了……"她似乎在回答他的问题似的。是的,她似乎在说,你对于女人很有吸引力,茜茜·米勒肯定也感觉到了。他继续读。"能做他的妻子我感到很荣幸!"他也一直很荣幸能成为她的丈夫。他们在外面吃饭时,他就时常看着桌子对面的她,想着,她是这儿最可爱的女人!他继续读。那是他竞选议员的第一年,他们一起走遍选区。"吉尔伯特坐下时,掌声雷动。观众全体起立唱道:'因为他是个好小伙。'[①]我心中久久不能平静。"他记得那次。她也在台上,坐在

[①] "因为他是个好小伙",出自歌曲《因为他是个好小伙》,此歌曲用于生日、婚礼、升迁等场合,表示祝贺。

他旁边。他仍能回忆起她的目光,她的眼中满含泪水。接着发生了什么?他翻动纸页。他们去了威尼斯,他开始回忆那次选举后的美妙假期。"我们在佛罗莱恩咖啡馆①吃了冰淇淋。"他笑了——她一直喜欢吃冰淇淋,真像个孩子。"吉尔伯特为我奉上了一段趣意盎然的威尼斯历史介绍,他告诉我总督……"她用她学生样的字体把这些全部都记了下来。和安吉拉旅行的乐趣之一是她总是有学习的热情。无知得可怕,她过去总是这么说自己,就好像这点并不可爱似的。然后——他打开下一本——他们回到伦敦。"我是那么急于给他留下好印象,我都穿上了我的结婚礼服。"他仿佛看见她坐在老爱德华爵士身旁,试图征服这位令人敬畏的老先生——他的上司。他飞快地读着,用她草草写下的片段拼出一幅幅画面。"在下议院用了餐……在洛夫格罗夫家出席了一个晚宴。L女士问我,意识到自己作为吉尔伯特的妻子的责任了吗?"岁月流逝——他从写字台

---

① 佛罗莱恩咖啡馆,一座位于威尼斯圣马可广场新行政官的咖啡馆,建于1720年,是现仍运营的最古老的咖啡馆之一。

上拿起另一本——他越来越沉迷于工作,而她,当然,越来越经常独自一人在家中。他们没有孩子,显而易见,这让她很悲伤。"我多么希望,"有一篇写道,"吉尔伯特能有个儿子!"奇怪的是他自己倒从没觉得遗憾,生活那么充实,那么丰富多彩。那一年他在政府得到一个小职位,虽然只是一个小职位,但是她却评论道:"我现在很确信他会成为首相!"唉,如果有些事朝另一个方向发展,也许现在会是那样。他短暂地思考了片刻,思考着如果有可能,事情会发展成怎样。政治如赌博,他想道,但是还未结束,五十岁还不晚呢。他眼睛快速地扫过之后的许多页,满是零碎的琐事,那些组成她每日生活的、微小的、快乐的琐事。

他拿起另一本,随意翻开。"我真没用!又让机会溜走了。但是拿我自己的事打扰他似乎有点自私,他有那么多事需要考虑,我们夜间鲜有机会独处。"这是什么意思?噢,这里有解释——这是在说她在伦敦东区①的工

---

① 伦敦东区,曾是一个拥挤的贫民区,街道狭窄、房屋稠密,多为19世纪中期建筑。第二次世界大战中,大部分建筑被轰炸破坏,后重建。

作。"我终于鼓起勇气和吉尔伯特说了,他真善良,真好。他没有反对。"他想起了那次对话。她告诉他,她觉得自己无所事事,真没用。她希望有自己的工作,她希望做些事情——她脸红得真好看,他记得,当她坐在那把椅子上说这些事情时——帮助别人。他小小地戏谑了她一番,说照顾他,照顾家不就足够让她忙活的了吗?但是当然,只要她高兴他就不会反对。她想做什么来着?去某个贫民区?某个协会?只要她保证不让自己累着就行。于是几乎每周三她都去白教堂。他记得他很讨厌她在那些场合的穿着,但是她似乎很认真地对待此事。日记中满是这样的记录:"见了琼斯太太……她有十个孩子……丈夫在一次意外中失去了一只手臂……尽我所能为莉莉找了份工作。"他跳过这一部分。他的名字出现的次数越来越少,他渐渐兴趣索然,有些日记对他而言没有任何意义。就比如这篇:"和 B.M. 激烈地争论社会主义。"谁是 B.M.?他无法将这两个首字母对应出人名,一个女人,他猜想,她在某个协会遇到的女人。"B.M. 猛烈地抨击了上层阶级……我在会议结束后和 B.M. 一起走回来,试图说服他,但是他太固执了。"所以B.M.是个男人——毫无疑问是那些自称"知识分子"的人之一,他们很激进,也如安吉拉所说的非常固执。显然她邀请他来家里见她。"B.M.来吃晚餐,他和米妮握了手!"这一个感叹号又改变了他在脑中构思的形象,B.M.似乎并不习惯客厅有女仆,他竟和米妮握了手。可以推测他是那种喜欢在女人面前高谈阔论的工人,但在雇主面前却又会奴性十足。吉尔伯特熟悉这种人,无论B.M.是谁,吉尔伯特都不喜欢他。"和B.M.去了伦敦塔……他说革命势在必行……他说我们生活在幻想中。"这就是B.M.这种人会说的——吉尔伯特都能想象出他说这句话的语气,也能一丝不差地描绘出他的外貌——壮实的矮个子,胡子拉碴,系着红领带,穿着他们通常穿的粗花呢,一生中从未有一天踏实工作过。安吉拉肯定也能看清这点吧,吉尔伯特继续读。"B.M.说了一些关于……的非常不好的话。"人名被小心翼翼地划掉了。"我告诉他我不会再忍受他污蔑……"人名又一次被涂掉。可能是他的名字吗?这难道是当他走进房间时安吉拉遮住纸页的原因吗?这一想法让他更讨厌B.M.。B.M.就在这个房间里谈论过自己,真无礼。为什么安吉拉从未告诉他?隐瞒不是她的风格,她生性坦率。他翻动纸页,挑选与B.M.有关的部分看。"B.M.跟我说了他的童年故事。他妈妈在外打杂……我一想到这,我就无法忍受现在这种奢侈的生活……三几尼买一顶帽子!天哪!"她真该和他说,她不该拿这样超出她理解范围的事情困扰自己! B.M.借书给她看,《卡尔·马克思》《即将到来的革命》,B.M.,B.M.,B.M.,这简写一再出现,但是为什么从来不写全名?这种非正式中藏匿着亲密,这不是安吉拉的风格。她当面也叫他B.M.吗?他继续读。"B.M.饭后意外来访,还好,只有我一人在家。"这仅仅是一年以前。"还好"——为什么是还好?——"我一人在家。"他那晚在哪儿?他拿出日程本查找日期,那一晚他在市长府邸参加晚宴。B.M.和安吉拉独处一晚!他试图回忆那一晚。他回家时她还在等他吗?房间和往常一样吗?桌上有杯子吗?椅子靠得近吗?他什么都记不起来——一点也记不起来,除了自己在市长府邸晚宴上的发言。这一切变得越来越令人费解——这整件事,他的妻子独自接待了一个他不认识的男人,也许下一本有解释。他匆忙拿起最后一本日记——那本她死前仍在写的日记。就在第一页上,那个可恶的名字又出现了。"和B.M.单独吃饭……他变得易怒。他说是时候摊牌了……我试图让他听我说,但他不听,他威胁我说如果我不……"这页剩下的部分都被涂掉了,整页写满了"埃及。埃及。埃及。①"吉尔伯特一个词都看不清,但是只能有一种解释:这流氓要她当他的情人。就他们两人!就在他的房间!一股热血涌上吉尔伯特·克兰顿的脸。他快速地翻动纸页,她的答案是什么?简写消失。现在只用一个"他"字。"他又来了,我告诉他我无法决定……我恳求他离开我。"他曾在这座房子里逼迫她?但是她为什么不告诉自己?她连一秒钟都不该犹豫!接着后面写道:"我给他写了一封信。"后面是许多空白页,接着,"他没有回信。"

---

① 《旧约·出埃及记》中,埃及是犹太人被奴役的地方。"在犹太文中,'埃及'意味着肉体对于精神的局限和囚禁,这种囚禁只有死亡到来时才能终止。"——(《艺术通史》,第367页,史蒂芬·法辛主编,拉里·麦克金尼迪撰稿)。相似用法可参见查尔斯·德姆斯的画作题目《我的埃及》。

更多的空白页。再然后,"他已经做了他所威胁的事。"再之后——再之后发生了什么?他一页接着一页地翻,全部是空白。但是就在她死去的前一天,她写了这句:"我也有勇气做那件事吗?"日记到这里结束了。

吉尔伯特·克兰顿任由日记本滑落到地上,她仿佛就在眼前,站在皮卡迪利的人行道上,目光坚定,拳头紧攥,车来了……

他无法忍受,他必须知道真相,他大步走向电话。

"米勒小姐!"那一头寂静无声。接着他听见有人在房间里走动。

"我是茜茜·米勒。"——她终于出声回复。

"谁是,"他咆哮道,"B.M.?"

他听见她家壁炉架上廉价的时钟滴滴答答的声音,接着,是一声长长的叹息。最后她终于说:

"他是我哥哥。"

他是她哥哥,她哥哥是自杀的。

"有什么,"他听见茜茜·米勒问,"我能为您解答的吗?"

"没有!"他吼道,"没有!"

他收到了他的那份遗赠,她告诉了他真相。她走下人行道去和她的情人相会,她走下人行道为了从他身边逃离。

刘慧宁 译

合与分

　　你会喜欢他的。就这样，在达洛维夫人的介绍下，他们认识了。一开始的几分钟谁也没说话，因为瑟勒先生和安宁小姐都在仰望天空，各有所思。当安宁小姐回过神来意识到瑟勒先生就坐在她身旁时，她眼中就不再只有天空本身，还有天空勾勒出的罗德里克·瑟勒，他那高挑的身材、黑眼睛、灰头发，握紧的双手和严肃忧郁的脸（但她听说他只是"假装忧郁"）。虽然知道很傻，但她还是不得不开口说：

　　"多美的夜晚！"

　　真傻！傻透了！就算人到四十，也会在天空下犯傻，天空让最明智的人犯傻——最明智的人也不过是沧海一粟——她和瑟勒先生，是原子、是尘埃，站在达洛维夫人家的窗边，他们的人生由月光见证，如蜉蝣般短暂，渺小得无足轻重。

　　"请坐！"安宁小姐说，同时拍了拍沙发垫示意他。于是他在她身边坐下，他如旁人所说是"假装忧郁"吗？

因为天空的缘故,一切都无关紧要——旁人说了什么,旁人做了什么——她又说了句没意思的话:

"我小时候去过坎特伯雷,那儿有位小姐也姓瑟勒。"

伴随着天空的残影,先祖们的坟墓在一片浪漫的蓝光中出现在瑟勒先生的脑海里,他的眼睛慢慢睁大,眼中的光芒逐渐黯淡下去。他说:"是的。"

"我的祖上是诺曼人,跟随征服者①来到这里,家族里有位理查德·瑟勒葬在大教堂②,他生前是位嘉德勋爵骑士③。"

安宁小姐意识到自己无意中触及了这个男人最真实的部分,而其余部分都是伪装。在月光的感染下(月亮于她而言象征男人,她可以透过窗帘的缝隙看见它,她正一小口、一小口地品味那月光)她感觉自己可以畅所欲言,而

---

① 征服者,即征服者威廉(William the Conqueror, 1027—1087),英格兰国王(1066—1087)。本是法国诺曼底公爵,号私生子威廉,表兄英王忏悔者爱德华死后无嗣,大贵族哈罗德被拥立。威廉借口爱德华生前曾许以王位,渡海侵入英国;在哈斯丁一战中他击毙哈罗德,自立为英王威廉一世(称"征服者")。
② 大教堂,此处指坎特伯雷大教堂,位于英国肯特郡郡治坎特伯雷市,建于公元324年,是英国最古老、最著名的基督教建筑之一。它是英国圣公会首席主教坎特伯雷大主教的主教座堂。
③ 嘉德勋爵骑士,英国勋位最高的爵士。

她也决意要挖掘出这个男人深埋在伪装下的真实自我。她心中默念:"前进,斯坦利,前进。"①——这是她的暗语,用于悄悄地进行自我激励,也相当于中年人常常用于惩戒恶习的鞭刑。她的恶习便是一种无可救药的怯懦,或者不如说是种怠惰,因为与其说她缺乏勇气不如说她缺少动力,特别是在与男性交谈这方面,她害怕男人,而她和男人的交谈也总是会不知不觉地陷入无聊的套路中,她的男性朋友很少——关系好的朋友也没几个。她想,但是无论如何,她需要这些吗?不。她有莎拉、亚瑟的陪伴,有房住,有饭吃,当然还有那,她想,即使她正坐在沙发上,坐在瑟勒先生旁,她却渐渐地沉浸在自己的世界中,那,那种家中藏宝的感觉,一连串奇迹收集于此,她相信他人都不曾体会(因为只有她有亚瑟、莎拉的陪伴,有房住,有饭吃),她再一次深深地沉浸在因拥有而产生的满足感中,觉得自己完全可以远离这个男人,远离他引以为豪的祖上荣耀,因为

---

① "前进,斯坦利,前进",这是英国历史小说家、诗人沃尔特·司各特(Walter Scott)的诗歌《玛米恩》(*Marmion*)中,玛米恩战死沙场前的最后一句话。玛米恩垂涎贵妇德·克莱尔的美色,设计陷害其未婚夫德·威尔顿,最后玛米恩在战场上被杀死,威尔顿重获英名。

她拥有这一切和月亮（月，乐声飘扬）。不！注意危险——她不能沉沦，不能在她这个年纪。"前进，斯坦利，前进。"她心中默念。接着她问道：

"你去过坎特伯雷吗？"

他去过坎特伯雷吗？瑟勒先生笑了，问他这个问题真是荒谬——她知道得真少，这个安静漂亮的女人，她会弹几种乐器，看起来也挺聪明，有一双漂亮的眼睛，戴了一串漂亮的旧项链——这个问题对他而言意义深远。是否去过坎特伯雷——他人生中最美好的岁月就在那里度过，所有记忆、所有事情，他都未曾有机会告诉别人，但他曾尝试写作——啊，曾尝试写（他叹了口气），这一切都与坎特伯雷有关，他不禁又笑了。

他时而叹息时而欢笑，他的忧郁和幽默，讨人欢心，他自己也深知这点，但是别人对他的喜爱也难以抵消他对自己的失望，如果他依赖别人对自己的喜爱寄人篱下（在那些极富爱心的女士家中度过一日又一日），也不过是苦乐参半，因为他连儿时在坎特伯雷梦想要做之事的十分之一都没有做到。与一位陌生人交谈，让他重新感受到了希望，因为陌生人不会评判他是否达到了期许,她会臣服于他的魅力,她会给他一个新起点,五十岁的新起点。她触及他心中的泉水、田地、花儿和灰蒙蒙的房子,这些凝结成银色水滴,从他心中那面荒芜的黑墙上滴下。他的诗常常以这样的意象开头,坐在这个女人身旁,他现在有写诗的欲望。

"我去过坎特伯雷。"他略带感伤地回忆起来,安宁小姐看出他的情态是在引导对方继续提问,但是又怕问及伤心事。在谈话中的丰富反应,是许多人对他感兴趣的地方,但也正是这一社交技能,让他碌碌无为,他经常这样想——一边解开饰钮,拿出钥匙和零钱放在梳妆台上,从又一场晚宴中回来(他在社交季①几乎每晚都出去),然后下楼吃早餐,面对着妻子时完全是另一副面孔,咕咕哝哝,一脸不情愿。他的妻子体弱多病,从不外出,但会有

---

① 社交季,指社会精英举办舞会、晚餐会、大型慈善活动的时期。这个时期,名流会迁入城中宅邸,参加各式活动。在17世纪、18世纪,伦敦的各种社会活动开始演变为社交季节,其传统形式在19世纪到达顶峰。在这个时期,英国的社会精英,大多是土地贵族与士绅家庭,大部分人都把乡间宅邸视为主要居所,但每年还是会留在首都几个月,进行社交、参与政治。最重要的活动一般在贵族领袖的城内大宅举办,扮演次要角色的是大型公众场所,如奥尔马克社交俱乐部(Almack's)。

老朋友来看望，基本都是女性朋友，她们喜欢研究印度哲学以及各种疗法和医生，对此罗德里克·瑟勒常以尖酸刻薄的评论攻击她们，而她一般也理解不了这些聪明话语的真正含义，会争辩几句或淌几滴眼泪——他失败，他常常这么想，是因为他无法将自己从社交和女人的陪伴中完全脱离出来，而这些对他和写作而言又都很重要。他在生活中投入得太多——想到这儿他会跷起腿（他所有的动作都不拘一格，颇具格调），并不责怪自己，他会将一切引咎于自己多情的天性，他喜欢将自己这一天性与华兹华斯①相比。也因为他觉得已给予别人许多，他们作为回报应该帮助他；这就是序曲，这个话题会让人震颤、神迷、发狂；各种意象在他脑中喷涌而出。

"她像一株果树——像一株樱花树。"他看着一个发色浅淡秀丽的年轻女子说道。这一意象很美，露丝·安宁想着——很美，但是她不确定自己是否喜欢这个有格调的

---

① 华兹华斯（William Wordsworth），1770—1850，英国浪漫主义诗人，与雪莱、拜伦齐名，代表作有和柯勒律治合著的《抒情歌谣集》（*Lyrical Ballads*）、长诗《序曲》（*Prelude*）、《漫游》（*Excursion*）。

忧郁男子和他的举手投足。真奇怪啊,她想,人的感觉总被各种事物影响。她不喜欢他,虽然她很喜欢那个把女人比作樱花树的比喻。她的神经四处浮游,像海葵的触角,一会儿兴奋,一会儿冷淡,而她的大脑,在千里之外,冷静而疏远,在高处接收信息。信息会及时收集汇总,以便当人们谈论起罗德里克·瑟勒(他也算是个人物)时她可以毫不犹豫地说"我喜欢他",或者"我不喜欢他",她对他的看法会就此确立。一个奇怪的想法,一个严肃的想法,让她对人与人的交情产生新的见解。

"真没想到,你居然去过坎特伯雷。"瑟勒先生说。"总让我惊讶的是,"他继续说(那个浅发女士走过去了),"当一人和另一人(他们之前从未相遇),偶遇,可以这么说,对方会触及,意外触及,对此人意义非凡的事物,我估计坎特伯雷对你来说只是个美好的小古镇。你和一位婶婶在那里度过一夏,对吗?"(关于那次坎特伯雷之旅,露丝·安宁正准备这么告诉他。)"你参观了风景名胜便离开了,之后恐怕就再也没想起过那里。"

让他这么想吧,她不喜欢他,她希望他会带着对她的奇怪看法快快离开。事实上她在坎特伯雷度过了美妙的三个月,每一个细节她都记得清清楚楚,虽然能去那里只是因为偶然,是为了看望婶婶的一位熟人,夏洛特·瑟勒小姐。即便是现在她也能一字不差地重复瑟勒小姐形容雷声的话语。"每当我夜晚被雷声惊醒,我就想'有人被杀了'。"她仿佛都能看见那位老妇人说这话时手中拿着的空茶杯、闪烁的棕色眼睛和那块菱形图案的硬毛地毯。她也经常回忆起坎特伯雷那密布的乌云、满地的青色苹果花和长长的灰色屋脊。

那雷声把她从中年人的麻木冷淡中惊醒,"前进,斯坦利,前进。"她对自己说,不能因为一个错误的猜想,就让这个男人像其他人一样,从我身边溜走,我会告诉他事实。

"我那时很喜欢坎特伯雷。"她说。

他立刻两眼放光。这是他的天赋,他的缺点,他的命运。

"很喜欢,"他重复道,"我能看出来。"

她的触角发回信息:罗德里克·瑟勒是个好人。

他们眼神相遇,不如说是碰撞,因为两人都能感受到眼睛后那个隐秘密的存在,他坐在黑暗中,而他浅薄活泼的同伴完成所有交际应酬,把戏演下去。但是他突然站了起来,抖掉大衣,直面对方。这让人恐慌,这使人战栗。他们都上了年纪,已经磨炼出一种炉火纯青的圆滑,所以罗德里克·瑟勒可以在一季社交季内参加十几次宴会,却感受不到什么,最多不过是感伤的悔意和创作的欲望——就如樱花树这一事的情形———直以来,他的心中保留着一股未曾受过打击的优越感,自认为他是未得到开发利用的资源,高于同伴,这一优越感一再让他失落地回到家中,不满自己的人生,不满自己,抱怨、空虚、喜怒无常。但是现在,突然间,如迷雾中一道窜白的闪电(这一画面自然而然地出现在他的脑中),它出现了,往日熟悉的狂喜,无法抵挡的冲击;它既恼人,又使人欢欣鼓舞,精神焕发,冰与火蔓延进血管和神经,几乎满溢,它让人惊颤。"二十年前的坎特伯雷。"安宁小姐补充道,仿佛在遮掩刺眼的光束,又像是覆绿叶于火红的桃子之上,因为它太强烈、太成熟、太饱满。

有时她希望自己已结婚,有时对于她而言,静好的中年生活，自然而然会保护她身心不受伤害，相比于坎特伯雷的雷声和青色苹果花，一点意思也没有。她渴望一些不同的东西，更强烈的东西，如闪电。她渴望某些身体感受，她渴望——

但奇怪的是，虽然她之前从未见过他，她的感官，那些时而兴奋时而让人反感的触角，现在却没再给她发送信息，它们静静地休憩着，仿佛她和瑟勒先生是老相识，仿佛他们已亲近到它们无需多虑，只需顺应。

世间没有比人与人的交往更加奇怪的事了，她这么想，因为交往过程变化多端且缺乏理性，她原先对瑟勒先生的嫌恶现在已变为最强烈、最痴迷的爱，但是当"爱"这个词出现在脑海里时，她却连忙赶走了它。她想，人类的头脑多么平庸，那么多神奇的感觉，痛苦与喜乐的变化，却只有少得可怜的词可以形容。人的感觉怎么可以形容得出呢？现在她感觉到，自己正在收敛起爱慕之情，瑟勒先生也正从她的脑中淡出。他们都急于掩饰人性中凄凉可耻的那一点——在对方的信任下逃避退缩——每个人都故作得体地将它隐藏起来。她试图遮掩内心的变化，说：

"当然，无论经历怎样的变迁，坎特伯雷都一样好。"

他笑了，他接受这种结果，接着他换了条腿翘起来。她完成了她的任务，他也是。于是一切结束。他们立刻陷入一种麻木、空白的状态，激不起任何想法，心中的壁垒化为木讷的石板，持续的无言折磨着他们，他们的眼睛石化，只盯着一处——一个图案、一个煤斗——看得清清楚楚，清楚得可怕，因为不再有情感、想法或印象会改变眼前的事物，因为情感的根基已被封锁，头脑不再活跃，身体也就如此了。瑟勒先生和安宁小姐都如雕像般坐着，死气沉沉，两人都不敢动也无法开口，当米拉·卡特莱特顽皮地拍拍瑟勒先生的肩膀并说"我看《纽伦堡的名歌手》[①]时看到你了，混蛋，你竟装作没看见我"时，他们都感觉巫师解除了他们身上的魔法，他们的每一根血管重新又流淌起

[①] 《纽伦堡的名歌手》(*Die Meistersinger von Nürnberg*)，文中简称 *Meistersinger*，是德国作曲家威廉·理查德·瓦格纳（Wilhelm Richard Wagner）创作的三幕歌剧，故事围绕着16世纪中叶文艺复兴重镇纽伦堡的一个由业余诗人和作曲家组成的"名歌手"（Meistersinger）协会展开，14—16世纪间，这些业余爱好者遍布德国各地，目的是宣传道德和宗教信仰。

生命的泉水。

卡特莱特小姐继续说:"我再也不想和你说话了。"

于是他们可以分开了。

刘慧宁 译

总结

屋里人越来越多,闷热难耐,外面潮湿的夜应该很安全。盏盏纸灯笼像红红绿绿的果实,挂在谜一样的树林深处。伯特伦·普理查德先生带着莱瑟姆太太往花园走去。

一下来到室外,那视野让萨莎·莱瑟姆有些不习惯。她是位高挑、端庄的女士,神情淡泊。当她不得不在聚会中说几句时,大气的风度使得谁也不会认为她笨拙羞怯,不擅社交,而实情却正是如此。所以她很高兴有伯特伦陪她一起,有他在,绝不会冷场,哪怕在户外他也能滔滔不绝。如果把他的话都记录下来,将非常令人惊讶——不仅是因为他讲的每件事本身都很琐碎,而且它们彼此之间还没有任何关联!真的,要是有谁拿一支铅笔,原原本本地记下他所说的每个字——一个晚上就够写本书出来——那么凡是读了这些记录的人都会发现,说这些话的可怜家伙,显然智力上有点缺陷。不过这可是大错特错了,普理查德先生是位可敬的公务员，受封巴斯勋位①，更神奇的是，人人都喜欢他。他的嗓音里有种特殊的感觉，一种特别的重音，跳跃的思维颇为可爱。他棕色的、胖乎乎的圆脸和知更鸟般的体型似乎有光彩笼罩，无形无状，不可捉摸，但真切地存在着，生机勃勃，俨然独立于他的言谈之外，事实上，他的形象往往跟他说话的水平恰好相反。因此，萨莎·莱瑟姆得以边想着自己的事，边听他大聊特聊在德文郡的旅行、小客栈和女店主们、埃迪和佛莱迪、奶牛、夜游、奶油、星星、大陆铁路、全英火车时刻表、捕鳕鱼、流鼻涕、流感、风湿病还有济慈——在她的脑海中，他是一个抽象的、好的存在，正在讲话的他和他所说的那些内容是截然不同的，这才是真正的伯特伦·普理查德，尽管无法证明给别人看。如何证明他是一个忠实的朋友呢？富有同情心，并且——然而此时，和他聊着天，她如平常一样，渐渐忘记了他的存在，开始遐想其他的事情。

比如这夜色，身处其中让人有种精神复原的感觉。她

---

① 巴斯勋位，英国十大功绩勋位（orders of merit）中的一种。

抬眼看了看天空,骤然间,一股乡村的味道袭来,星空下仿佛是沉沉的、寂静的田野。可这是在达洛维夫人家的后花园,在威斯敏斯特,这一反差之美令乡下出生长大的她心醉神迷。空气中飘着干草垛的气味,身后的房子里却宾客满座,她和伯特伦一起走着,好似一头牡鹿,脚踝微微向前弓起。她安静地摇着扇子,姿态庄重,身体的各处感官都变得敏锐,她竖起耳朵,深呼吸,像只谨慎的野生动物,享受着夜晚的美丽。

这真是最伟大的奇迹,她想,人类了不起的成就,就像在沼泽池滩同时看到柳林和科拉科尔小艇①。那栋干燥、厚实、坚固的房子里装满贵重的财产,人们挤在里面,语声嗡嗡,一会儿聚在一起,一会儿又再分开,彼此交流,兴奋不已。克拉丽莎·达洛维让它敞露在夜的荒原,石板路就铺在泥沼地上。走到花园的尽头(它其实很小),她和伯特伦在折叠躺椅上坐下来。她满怀仰慕和热情地眺望着那栋房子,就像被一道金光穿过,感激的热泪在其上凝

---

① 科拉科尔小艇,旧时的一种圆形小划艇,用柳条编成并覆有兽皮。

聚、滚落。尽管生性羞怯低调，猛地见了外人话都不会说，她却对他人抱有一种深切的好感。能像他们那样就好了，可惜她天性难改，只能这样坐在屋外花园，在静默的激动中，为她无法融入的人群无声地鼓掌。称颂他们的诗句已经到了唇边，人们是那么善良可爱，勇气尤为可贵，他们是战胜了黑夜和泥潭的胜者，顽强地存活下来的探险家，冒着危险继续扬帆前行。

命运的局限，让她不能加入他们，但她可以远远地坐着，赞美他们。伯特伦仍在讲话，他是那些航行者中的一员——船上的仆人或是普通水手，爬上桅杆，快活地吹起口哨，如此想着，眼前的一根树枝也好像被她对远处房间里人们的钦慕所浸透、包围，散发出金光，如哨兵般绷得笔直。它是这艘雄伟华丽、纵情欢乐的大船的旗杆，旗帜在上面飞扬，那边还有一个圆桶靠在墙上，她也一样对它展开了想象。

这时，坐久了的伯特伦，想要探索整个庭院。他踩着一堆砖头，登上花园围墙俯瞰，萨莎也站了上去。她看到一个水桶，又或许是一只靴子，她顿时从幻想中清醒了。

这里变成伦敦,变成无人关心、没有人情味的巨大世界,公共汽车、政治事件、酒吧门前的灯光、打哈欠的警察。

伯特伦的好奇心得到了满足,片刻的安静也让他汩汩冒泡的闲话之泉重新充盈。他拉过两把椅子,邀请旁边的一对夫妇和他们坐在一起。于是四人继续望着面前的房子、树还有圆桶。可是在墙头俯视过后,那一瞥中的水桶,或者毋宁说那一瞥中冷漠如故、依然自顾自运转着的伦敦城,让萨莎无法再继续给这个世界涂上金色。伯特伦又开始说了,那对夫妇——她从来没记住他们是姓沃利斯还是弗里曼——应和着,他们的话穿透薄薄的金色云雾,掉进了平淡的日常光线中。她注视着这栋干燥、厚实的安妮女王风格①的宅子,尽力回想在学校读过的索尼岛②的种种,划科拉科尔小艇的人们、牡蛎、野鸭、浓雾。但此情此景,似乎想到排水管道、木匠和今晚的宴会才正常——除了穿晚

---

① 安妮女王风格,19世纪中后期开始流行于英国的经典建筑风格,恢宏大气,常有斜度很大但形状不规则的屋顶,以及位于正面角落的精致塔楼。
② 索尼岛,应指索尼镇,位于现在英国剑桥郡,历史上曾是伊利岛的一部分。

礼服的人以外,什么都没有的宴会。

她问自己,哪个景象才是真的?她看见水桶和房子沉浸在半明半暗中。

她谦虚地认为,这是在他人智慧和力量的基础上问出的问题。而答案通常都来得偶然——像她的老西班牙猎犬就是靠摇尾巴来作答的。

那棵树褪去庄严的金光,似乎在回答她,它变成了一株野生的树,沼泽上唯一的一株。她觉得自己经常能看到它,看到它枝条间萦绕的红雾,还有割裂的月亮从树杈缝隙投射下的长长短短的银光。但答案到底是什么?是的,这灵魂——她能感到体内有什么东西在跳动,并想逃脱出来,就暂且叫它灵魂吧——是天生无伴的,一只孤鸟,冷冷地落在枝上。

伯特伦用熟悉的方式挽住她的胳膊——他已经认识她一辈子了——说他们出来太久,该进去了。

这时,从某个背街小巷,或是某个酒吧,传出一声常见的那种分不出男女的含混嚎叫,或者说是尖叫、哭叫。孤鸟振翅飞起,渐行渐远,画出越来越大的圈,终于它(她把这称为她的灵魂)变成了一个小黑点,像一只被掷来的石块惊起的乌鸦。

钟姗 译